Ernst von Wildenbruch

Der Letzte

Ernst von Wildenbruch

Der Letzte

ISBN/EAN: 9783743696501

Hergestellt in Europa, USA, Kanada, Australien, Japan

Cover: Foto ©Andreas Hilbeck / pixelio.de

Weitere Bücher finden Sie auf **www.hansebooks.com**

Heath's Modern Language Series

Der Letzte

Erzählung

von

Ernst von Wildenbruch

EDITED WITH AN INTRODUCTION AND NOTES

BY

F. G. G. SCHMIDT, Ph.D.

PROFESSOR OF MODERN LANGUAGES, STATE UNIVERSITY OF OREGON

BOSTON, U.S.A.
D. C. HEATH & CO., PUBLISHERS
1899

Press of Carl H. Heintzemann, Boston, Mass, U. S. A.

INTRODUCTION

THIS story, *Der Letzte*, has been taken from the volume entitled, *Kinderthränen*. It is one of the most characteristic stories of Ernst von Wildenbruch. That it enjoys great popularity in Germany is seen from its numerous editions. The subject matter of the story, with its simplicity of diction and thought, with its impressive and pathetic descriptions, is sure to hold the attention of the younger as well as that of the more mature students of the German language. One cannot read it without feeling at all times the deepest interest in the joys and sorrows of the *Hauptmann's* children. It is a tragic story, as the very title, *Der Letzte*, suggests. Wildenbruch's gift is the psychologist's gift. In the delineation of child nature he is particularly successful. He paints the characters as they are. How could one relate a tragic story more simply and more thrillingly than he does in telling of the sad fate of the captain's last child who is drowned, and of the father who dies on the battle-field?

A short sketch of the author's life follows, which is more or less a copy of the outline found in my edition of Wildenbruch's *Das edle Blut*, D. C. Heath & Co., Boston, 1898, which, as well as *Der Letzte*, was edited with the kind permission of the author.

INTRODUCTION

Ernst Adam von Wildenbruch was born at Beyrout in Syria on the 3d of February, 1845, where his father held the office of Prussian consul general. In 1847 his parents returned to Berlin. A few years later his father accepted the position as ambassador at Athens and subsequently at Constantinople. In his twelfth year von Wildenbruch returned to Germany with his mother to continue his education at the "Pædagogium" at Halle-on-the-Saale and the French Gymnasium at Berlin. He left this latter school in order to enter a military academy (*Kadettenkorps*) in Potsdam. In 1861 he became an officer of the "First Guards." In 1865 he resigned his commission as officer in the regular army, although he subsequently participated in the campaigns of 1866 and 1870. He resumed his studies in the Gymnasium Burg near Magdeburg, then studied law at the University of Berlin and entered the civil service.

In later life he received a number of distinctions, such as the degree of PH.D. *honoris causa* from the University of Jena, the title of "Legationsrat" from the Emperor, and the Schiller and the Grillparzer prizes.

Von Wildenbruch is still living (1898) in Berlin, and is one of the most talented of the younger German dramatists. A number of his plays have been performed with great success in most German cities. Such are : —

Die Karolinger (4th edition, 1888) ; *Harold* (4th edition, 1884) (translated into English by V. Heller, Philadelphia, 1891) ; *Der Mennonit* (3d edition, 1886) ; *Väter und Söhne* (1882); *Christoph Marlow* (1884) (as a character study, perhaps his most important); *Die Quitzows* (1888); *Der Generalfeldoberst; Der neue Herr* (1891). In the "Dramencyklus" *Heinrich und Heinrichs Geschlecht* (1895) he returns to the study of early German history. His dramatic genius is displayed in his historic plays and it is in them that he is most successful as a poet.

Von Wildenbruch has also published a number of short stories and novels, of which *Der Meister von Tanagra* (6th edition, 1892), a story of artist life, *Kinderthränen* (13th edition, 1895), containing, *Der Letzte* and *Die Landpartie*, *Neue Novellen* (1885), and *Das edle Blut* are among the best.

His *Lieder und Gesänge* (1877), and *Dichtungen und Balladen* (1884) contain many powerful ballads and hymns, the most impressive of which is doubtless *Das Hexenlied*.

In the notes much attention has been paid to the frequent occurence of colloquial and idiomatic expressions, while avoiding numerous annotations and grammatical details.

EUGENE, OREGON,   F. G. G. S.
October, 1898.

Der Letzte

Wie oft bin[1] ich ihm auf meinen Spaziergängen begegnet, und wie freute ich mich jedesmal, wenn ich ihn von ferne kommen sah, den Rektor[2] der Vorschule zu ..., den alten Bauer![3]

Ich war ein eifriger Spaziergänger und wählte fast immer einen und denselben Weg; man lernt dabei jeden Stein und jedes Blatt am Wege kennen, man empfindet doppelt die belebende Wonne des Frühlings, wenn man den Busch, den man im Winter wie einen Besen zum Himmel ragen sah, mit Knospen sich bedecken sieht; man beobachtet, wie von gestern zu heute die Knospen aufgebrochen sind, wie sich Blättchen ansetzen,[4] wie sie immer größer wachsen, immer dunkler sich färben, und so, jeden Tag in die lautlose Werkstatt der schaffenden Natur blickend, liest man von Tage zu Tage wie an einer großen Uhr den rastlosen Wandel der Zeit. Ob diese Empfindungen es waren, die auch ihn bewegten, den Weg, den ich mir zum Spaziergang ersehen[5] hatte, regelmäßig, beinahe täglich zu gehen, ich weiß es nicht; jedenfalls aber mußte der Weg auch ihm gefallen, und er war auch hübsch genug.

Am rechten Ufer des großen Stromes entlang, welcher

dort seine grauen Fluten durch den östlichen Teil der norddeutschen Tiefebene[1] der Ostsee entgegenwälzt,[2] war ein hoher Erddamm aufgeworfen, der das rechtsseitige, flache Ufergelände vor den Überschwemmungen des Flusses schützen sollte, wenn dieser im Frühjahre mit Hochwasser ging. Der Damm war unabsehbar[3] lang, denn auf Meilen hin[4] ist das rechte Ufer dort ganz flach, während das linke in Abhängen herabsteigt, an deren Fuße die Stadt belegen war, in der wir beide wohnten, der alte Rektor Bauer und ich. An einzelnen Stellen trat der Schutzdamm[5] unmittelbar an den Strom heran, seinen Windungen folgend, wie ein Sicherheitswachmann,[6] dem ein gefährlicher Patron[7] zur Aufsicht anvertraut ist und der ihn nicht aus den Augen lassen will; an anderen Stellen blieben zwischen Wasser und Damm größere oder kleinere Stücke Erdreich, welche man der jährlich wiederkehrenden Überschwemmung preisgab. Dies waren verwilderte, wüste Stücke, auf denen nichts gedieh, weil die Sandablagerungen[8] des Stromes keine Frucht aufkommen ließen, und wo nur ein Gestrüpp von Weiden und Erlen wuchs. Der Strom nämlich,[9] wie man in jener Gegend zu sagen pflegte, „hatte es in sich".[10] Im Sommer oft so flach, daß die Schiffer ihre Kähne nur mit Mühe und Not auf ihm weiterstoßen konnten, kam er im Frühjahre und manchmal, wenn es in den Gebirgen geregnet hatte, auch später noch, plötzlich wild und toll einhergetanzt. Dann wurde sein mürrisch graues Wasser[11] braun und gelb, Blasen stiegen auf und quirlten zusam-

men,¹ und so weit sie vermochten, griffen die Arme des
landschleichenden Gesellen über das flache Ufer hinaus, wie
die eines Bettlers, der plötzlich reich geworden ist und nun
gleich alles haben möchte. In solchen Zeiten war es dann
auf dem Damme besonders schön: man sah, wie das gie-
rige Gewässer an den Erdwällen höher und höher klomm,
und wenn der Nordwind über das flache Land dahergejagt
kam und die widerspenstigen Wellen des Flusses zurück und
klatschend an die Wände des Dammes warf, wenn dann
Sturmgebrause und Wassergetöse zu einem öden, einförmi-
gen, den ganzen Raum zwischen Himmel und Erde erfül-
lenden, mächtigen Naturlaute ineinander tönte, dann fühlte
man etwas vom Urzustande² der Elemente und dem schauernden Dufte³ der Gefahr.

An einem solchen Tage war es, als wir uns wieder begegneten und zum ersten Male ansprachen, nachdem wir
unzähligemal schweigend und heimlich lächelnd aneinander
vorübergegangen waren. Ich war auf dem Wege hinaus;
er kehrte zur Stadt zurück. Indem ich an ihm vorüber-
schritt, blieb er stehen. „Wenn Sie weiter gehen wollen,"
sagte er mit angestrengter Stimme, denn der pfeifende
Wind riß ihm den Schall der Worte vom Munde, „so
möchte ich Sie warnen; der Damm hat soeben an der
Weidenklippe⁴ ein Leck bekommen, und der Racker⁵ von
Fluß thut das seinige, um das übrige nachstürzen zu lassen; ich bin auf dem Wege, um in der Stadt Lärm zu
schlagen."

Er hatte noch nicht zu Ende gesprochen, als ich bereits mit ihm umgekehrt war und den Heimweg eingeschlagen hatte; der Wind setzte sich uns in den Rücken und trieb uns wie zwei Schiffe mit gespannten Segeln vor sich her. Unterwegs erzählte er mir die näheren Einzelheiten: Der Strom ging noch mit vereinzelten Eisschollen; eine derselben, die sich während ihrer Fahrt scharf wie eine Glasscheibe abgeschliffen hatte, war gegen die vorspringende Böschung[1] des Dammes getrieben und hatte dieselbe aufgekämmt;[2] das Wasser war in das Loch gedrungen, und plötzlich war ein beträchtlicher Teil der Böschung herabgesunken.

„Sie haben es selbst mit angesehen?"[3] fragte ich.

„Nein," erwiderte er, „aber ich weiß das aus Erfahrung; seit dreißig Jahren beobachte[4] ich den Fluß."

„Und Sie scheinen ihn während der Zeit nicht gerade liebgewonnen zu haben?" sagte ich, indem ich seiner Bezeichnung von vorhin gedachte.

„Es ist ein böses, heimtückisches Wasser," gab er zur Antwort, „und hat schon vielen Schaden und Herzleid angerichtet."

Mittlerweile waren wir in die Stadt gelangt und auf das Rathaus gegangen, wo in solcher Zeit eine besondere Stromwache organisiert war; es wurden sogleich Arbeiter hinausgeschickt, und die Vermutung des alten Rektors bestätigte sich vollkommen; es war höchste Zeit, daß Hilfe kam, um einen Dammbruch zu verhüten. Mit Faschinen[5] wurde die Öffnung gestopft.

So waren wir bekannt, und ich um einen Menschen reicher[1] geworden. Die Art und Weise des alten Mannes, seine besonnene Entschlossenheit, sein gelassenes Sprechen fesselten mich an seine Persönlichkeit, und diese Zuneigung wuchs von einem zum anderen Male, so oft ich nun mit ihm zusammentraf und meine Schritte den seinigen anschloß. Seine Einfachheit hatte nichts mit der Nüchternheit[2] gemein; seine dunklen, blaugrünen Augen hatten den scharfen Blick der Menschen, die viel und aufmerksam mit der Natur verkehren, und seine hageren Gesichtszüge jenes nach innen gekehrte Lächeln[3] derer, die viel erlebt haben, und deren Herz ein gutes Gedächtnis besitzt.

Er leitete, wie gesagt, die Vorschule des Gymnasiums; seiner Obhut waren die Knaben anvertraut, welche in die ersten Anfangsgründe[4] des Wissens, Lesen, Schreiben und die vier Species, eingeweiht werden sollten, um sobann in die untersten Klassen des Gymnasiums einzutreten, jene Kerlchen, die man des Morgens mit grünen Sammet- und Dachsfell-Tornisterchen[5] durch die Straßen wandeln sieht. Es begreift sich daher, welche Wichtigkeit der alte Bauer für die Eltern dieser seiner kleinen Schutzbefohlenen[6] besaß, wie oft sein Name in den Familien genannt wurde, und so oft es geschah, hörte man ihn mit Ausdrücken der Hochachtung und Verehrung aussprechen. Geradezu überraschend[7] aber war es, mit welch hingebender Liebe die Kinder selbst an dem alten Manne hingen. Ich hatte Gelegenheit, mich davon zu überzeugen: Der Damm mündete am Ausgange der Vorstadt, und sobald die Kinder, die sich in den Nachmittagsstunden spielend in den Straßen und vor den Hausthüren umhertummelten, den Rektor von ferne kommen sahen, entstand ein allgemeines Drängen und Hasten zu ihm hin. Spiele wurden unterbrochen, Streitigkeiten vorläufig vertagt,[1] im Galopp kam es[2] von allen Seiten an, so rasch die kleinen Beine tragen wollten.

Seine Beliebtheit erstreckte sich weit über die Grenzen seiner Vorschule und über die Scheidelinie der Geschlechter hinaus; das ganze Kindervolk,[3] Behoste und Unbehoste, Gestiefelte und Barfüßige, Knaben und Mädchen, stürm heran, um dem „Herrn Lehrer" den Tribut seiner Liebe darzubringen. So kam es, daß wir jedesmal von einem kribbelnden Schwarme kleinen Menschenvolkes[4] umringt waren, und nie werde ich vergessen, wie die kleinen Hände sich ausstreckten, um sich in seine Hand zu legen, wie die hellen Kinderaugen, süß verschämt[5] und doch glückstrahlend, zu ihm sich erhoben, mit jenem hold vertrauenden Ausdruck, den der Blick des Kindes annimmt, wenn es fühlt, daß der Erwachsene es versteht.

Mitten in diesem Ansturme von Zärtlichkeit stand er nun, den langen Oberleib etwas vornüber[6] geneigt, wie ein alter Kirchturm, den die Schwalben umzwitschern,[7] die Mundwinkel in schalkhaftem Lächeln herabgezogen, die Augen voll unendlicher Güte; hier und da umfaßte er ein lockiges Köpfchen mit seinen gespreizten Fingern; hier und da ward unter ein Kinn gegriffen[1] und das Gesichtchen emporgehoben; gesprochen wurde wenig; aber wenn er eins oder das andere der Kinder anredete, so kannte und nannte er sie alle bei Namen. Besondere Freundlichkeit zeigte er den kleinen Wesen, die zu schüchtern waren, bis zu ihm heranzubringen und die außerhalb des Kreises standen, von ferne ihre Augen auf ihn richtend. Er lockte sie heran und strich ihnen zärtlich über die erglühenden[2] Wangen; und eine gleiche Aufmerksamkeit zeigte er da, wo er ein Kind weinen sah. Er beugte sich tief herab und ließ sich die Ursache des Kummers wie ein Beichtgeheimnis ins Ohr flüstern, und er ruhte nicht, bis daß die Thränen zu fließen aufgehört hatten und helle Freude wieder eingekehrt war. Und dieses Trösteramt betrieb er mit einer ganz eigentümlichen Wichtigkeit; sein Gesicht nahm während desselben einen beinahe besorgten Ausdruck an.

Eines Tages konnte ich nicht umhin,[3] ihm scherzend meine Verwunderung darüber auszusprechen, daß er eine Sache, von der die Mehrzahl der Menschen so wenig Aufhebens[4] zu machen pflege, mit solcher Ernsthaftigkeit behandle. Er hörte mich ruhig an, blieb ganz ernst und nickte anfänglich nur schweigend vor sich hin,[5] wie er zu thun pflegte, wenn ein Gedanke, eine Erinnerung ihn beschäftigte.

„Ich weiß wohl," sagte er nach einiger Zeit, „wie die Mehrzahl der Erwachsenen an den Thränen der Kinder vorübergeht, lächelnd, oder ärgerlich und voll Ungeduld. Sie glauben nicht an die Schmerzen der jungen Seelen, weil sie die Kinder nicht kennen. Kinder sind wie die Blumen, sie können nicht zu uns herauf, wir müssen uns zu ihnen niederbeugen, wenn wir sie erkennen wollen. Wer sich die Mühe aber giebt, der wird in ihren Blättern nicht mehr nur den Tau des Himmels finden, er wird in so mancher von ihnen einen schwarzen, schrecklichen Wurm entdecken, der mit reißenden Kiefern den zarten Kelch zerfleischt. O, es giebt Schmerzen in der Kinderseele, und wer sie gesehen hat, vergißt sie nicht wieder!"

Es war ein sonniger, warmer Frühlingstag, als wir dies Gespräch führten, das Hochwasser hatte sich allmählich verlaufen und bildete nur in den Weidengestrüppen am Fuße des Dammes noch Tümpel[1] und Teiche. Die Ackerbesitzer waren auf ihre Felder herausgekommen und fingen an, dieselben frisch zu bearbeiten. Indem wir den gewohnten Gang entlang schlenderten,[2] sah ich vor uns, hart an der Kante des Dammes nach dem Flusse zu, ein Bürschchen von etwa sechs Jahren mit dem Gesichte zur Erde am Boden liegen. Es war ein blondhaariger, zarter, kleiner Junge, nur mit einem Hemde und einem Paar Höschen[3] bekleidet, offenbar das Kind armer Leute. Vermutlich war der Knabe, während die Mutter auf dem Felde unten mit dem Einsetzen von Kartoffeln beschäftigt war, den Damm hinaufgelaufen, hatte sich, gelockt von der Annehmlichkeit des sonnedurchwärmten Erdreichs, auf den Boden niedergelegt und war eingeschlafen.

Das Geräusch unserer Schritte und die laute Stimme

des alten Bauer mochten ihn geweckt und gleichzeitig er=
schreckt haben; denn indem wir jetzt dicht an ihn herange=
kommen waren, sah ich, wie ein plötzliches, nervöses Zucken
den dürftigen, kleinen Körper erfaßte, mit hastiger Be=
wegung hob er den Kopf von den darunter gelegten Armen
empor, im nächsten Augenblick hatte er den Boden ver=
loren und rollte den Abhang des Dammes hinunter. Un=
mittelbar an der Stelle, wo dies geschah, befand sich eins
der erwähnten Gesträuppe, in welchem das Wasser, freilich
in nicht mehr beträchtlicher Höhe, stand.

Der alte Rektor stieß einen halbunterdrückten Schreckens=
ruf aus und sprang mit zwei, drei Sätzen den Abhang
hinunter, dem Kinde nach. Im Augenblick, da dieses bei=
nahe das Wasser berührte, hatte er es erfaßt und riß es
mit krampfhaftem Griffe vom Boden empor. Sobald der
Knabe, der von dem plötzlichen Vorgange wie betäubt war,
zur Besinnung kam, fing er kläglich zu schreien an. Der
Alte setzte ihn auf seinen linken Arm und ließ ihn reiten,
und während er langsam die Böschung mit ihm herauf=
kletterte, zog er sein Taschentuch und wischte dem Kinde
die Erde aus den Haaren und dem Gesicht. Der Knabe,
der von Natur schwächlich zu sein schien und der nun erst
ganz zu dem Bewußtsein gelangte, daß etwas Besonderes
mit ihm vorgegangen war, fing naturgemäß immer lauter
zu schreien an und nun lief der alte Mann wohl fünf
Minuten lang mit ihm den Damm auf und ab, indem er
ihn hätschelte, ihm gut zuredete[1] und tausend Possen mit

ihm trieb.¹ Endlich war sein Ziel erreicht, und als er ihn zur Erde setzte, lachte der Kleine vergnügt wie ein Kobold. Alles dieses war unendlich drollig und zugleich rührend anzusehen. Um ein letztes Pflaster auf den erlittenen Schreck zu legen, griff der alte Rektor in die Tasche und holte ein Fünfpfennigstück hervor. „Aber dich nie wieder so dicht am Wasser auf die Erde legen und einschlafen!² Verstanden?" sagte er, indem er dem Kinde das Geldstück vor die Augen hielt.

Ob diese Mahnung allzu⁸ aufmerksame Ohren fand, möchte ich bezweifeln; denn sobald der Knabe die Münze in seiner Hand fühlte, drehte er kurz um und schoß wie die Kugel aus dem Laufe vom Damme herab auf seine Mutter zu, indem er seinen Reichtum in der hoch erhobenen Rechten über dem Kopfe schwang. Wir blickten ihm nach, und unwillkürlich mußte ich lachen, als ich sah, welch' überschwängliche Freude sich in der haftigen Bewegung der laufenden kleinen Beine ausdrückte; sie waren wie zwei Ausrufungszeichen des Entzückens.

„Gebt doch besser acht auf Euer Kind," rief der alte Bauer mit erhobener Stimme der Frau zu, die unterdessen, ohne von den Vorgängen auf dem Damme Notiz zu nehmen, an ihren Kartoffeln weiter gearbeitet hatte. „Euer Junge wäre um ein Haar⁴ ins Wasser gefallen," fuhr er fort, als sie jetzt, durch das Freudengeschrei des Kleinen aufmerksam gemacht, den Kopf erhob. Was der Knabe ihr erzählte, konnten wir nicht verstehen, indessen

war der Eindruck nur ein geringer, denn sie blickte noch
einmal flüchtig, mit einem schnellen Kopfnicken zu uns
herauf, bedeutete ihren Jungen, sich bei ihr zu halten und
kehrte zu ihrer Beschäftigung zurück.

„So sind diese Menschen," sagte der Rektor, indem er
den Hut abnahm und sich den Schweiß von der Stirn
wischte; „erst wenn sie die Kinder verlieren, merken sie,
daß sie ein Kleinod besessen haben, das von selber leuch=
tend ihre Armut mit Licht erfüllte."

„Glauben Sie aber wirklich," fragte ich, „daß das Kind
hätte Schaden nehmen können? Das Wasser steht so nie=
drig, daß ein kaltes Bad, meiner Meinung nach, das
Äußerste[1] gewesen wäre, was ihm hätte begegnen können."

„Sie haben recht," erwiderte er, indem er auf den Tüm=
pel niederblickte; „ich sehe erst jetzt, daß ich mich unnötig
aufgeregt habe — es muß daher[2] gekommen sein, daß es
gerade an dieser Stelle hier geschah."

„Wieso gerade an dieser Stelle?" fragte ich überrascht.
Er antwortete nicht, und an dem starren Blick, mit dem er
in die Tiefe schaute, gewahrte ich, wie irgend eine Erinne=
rung von dort unten emporstieg und ihn mit ihrem träume=
rischen Netze umflocht.

„Was ist an dieser Stelle?" fragte ich noch einmal, „ist
sie durch ein besonderes Ereignis gezeichnet?" Ich mußte
es getroffen haben, denn er richtete das Haupt auf und sah
mir mit einem heißen Blick in die Augen.

„Sie haben eine Erklärung von mir verlangt," sagte er

mit feierlichem Tone, „weshalb ich mich zu den Kindern niederbeuge, ihre Schmerzen erforsche und ihre Thränen trockne — ich habe Ihnen ein paar allgemeine Worte erwidert, die Erklärung war nur halb, morgen sollen Sie die ganze haben — morgen," wiederholte er träumerisch. Er drückte mir die Hand, und ich sah ihn, nachdenklich gesenkten Hauptes, zwischen den Häusern der Stadt verschwinden.

Als wir uns am nächsten Tage trafen, erzählte mir der alte Rektor Folgendes:

„Es ist eine Reihe von Jahren her, als zu dem Artillerieregiment, welches hier in Garnison¹ steht, ein Hauptmann versetzt² wurde, der aus dem Westen Deutschlands kam.

„,Der schwarze Hauptmann', unter dem³ Namen ging er bei den Soldaten und dem Volke, und wenn man ihn sah, verstand man die Bezeichnung. Alles an ihm war finster und schwarz. Dunkles Haupthaar und ein lang wallender Bart von gleicher Farbe umrahmten das wettergebräunte Gesicht, aus dem die Augen unter buschigen Brauen hervorschauten, dazu kam die dunkelblaue Artillerieuniform, mit dem schwarzen Sammet an Kragen und Mütze, die seine Hünengestalt⁴ umschloß.

„Es war an einem Winternachmittage, als ich ihn zum ersten Male sah, und ich werde nie vergessen, wie er gleich einem großen, dunklen Schatten an mir vorüber und durch den weiß leuchtenden Schnee dahinschritt. Ich muß ein sehr verdutztes⁵ Gesicht gemacht haben, denn er streifte mich mit einem flüchtigen Blicke, und dadurch bekam ich Gelegenheit, sein Gesicht zu erkennen. Wenn ich je ein düsteres Menschenantlitz gesehen habe, so war es dieses. Es war nicht hart, nicht abstoßend, nicht einmal streng, aber von erdrückendem Ernste; das Gesicht eines Mannes, der sich klar geworden ist, daß das Schicksal ihm als Feind gegenübersteht, und der den unerbittlichen Kampf aufgenommen hat, um ihn durchzuführen bis an das Ende. Augen, die nie gelacht hatten, ein Mund, der nicht zum Sprechen geschaffen zu sein schien. Seinem äußeren entsprach, nach allem, was ich hörte, sein inneres Wesen, er war ungesprächig, ungesellig, und hauste einsam in seiner Wohnung, die er sich hier in der Vorstadt, in der Nähe der Stallungen seiner Batterie gemietet hatte. Die Wohnung war viel geräumiger, als ein Einzelner sie für sich braucht, und die Wißbegier der Nachbarn, welche die Gestalt des schwarzen Hauptmanns emsig, wie ein Bienenschwarm die Blume, umkreiste, hatte denn auch bald herausbekommen,[1] daß er ein Mann mit Frau und Kindern war und daß er seine Familie nachkommen[2] lassen würde, sobald er sich am Orte eingerichtet hätte.

„Diese erste Nachricht erhielt bald eine Berichtigung durch eine zweite: die Frau lebte nicht mehr. Wann sie gestorben war, konnte man nicht erfahren, aber daß sie gestorben war, das stand fest. Gottlieb Bänsch, der Bursche des Hauptmanns, der seinem Herrn beim Einrichten der Wohnung behilflich war, hatte gesehen, wie derselbe über dem Schreibtische in seiner Wohnung ein Bild aufgehängt hatte, eine Photographie in schwarzem Ebenholz=Rahmen, mit einem schwarzen Kreuze in der Mitte darüber, das Bild einer Frau.

„Die muß aber 'mal¹ schön gewesen sein!' hatte Gottlieb Bänsch der lauschenden Portiers=Frau anvertraut, durch welche die Nachrichten über den Hauptmann sich dann weiter verbreiteten. Aus einem Futteral,² ‚ganz von schwarzem Sammet‘, hätte³ der Herr Hauptmann das Bild ‚vorgeholt‘, und jedesmal, wenn er vom Dienst nach Hause käme, sähe er nach dem Bilde hin und Abends, wenn er sich die Lampe auf den Tisch setzen ließe, rückte er sie so, daß das Licht gerade darauf fiele. Und eines Abends, als er seinem Herrn wie gewöhnlich das Abendessen zubereitete, da hätte dieser, der wieder vor dem Schreibtische saß, sich nach ihm umgedreht und gefragt, ob er mit Kindern um= zugehen⁴ verstände, und als er darauf nicht gewußt, was er sagen sollte, hätte der Herr Hauptmann weiter gefragt, ob er Kinder gern hätte? Und als er darauf geantwortet habe: ‚jawoll,⁵ die könnte er sehr jut leiden,‘ da hätte der Herr Hauptmann mit dem Kopfe genickt und dann so das Bild angesehen und gesagt, die Kinder hätten keine Mutter mehr, und eine besondere Wartefrau⁶ anzunehmen, das sei sehr teuer, und das paßte ihm auch nicht, und darum wollte er's⁷ zuerst mal so versuchen. Und dann wäre der Haupt= mann aufgestanden und in der Stube hin und her ge= gangen, so lange bis der Thee ganz kalt geworden wäre,

und als er nach einer Weile gefragt hätte, ob der Herr
Hauptmann vielleicht Thee zu trinken befohlen? da wäre
er stehen geblieben und es hätte ausgesehen, als ob er
jetzt erst¹ merkte, daß der Bursche noch dastand, und hätte
gesagt: ‚ach so — geh' nur zu Bett' und hätte ihm eine
Cigarre geschenkt. Gottlieb Bänsch war zufrieden mit sei=
nem Herrn, ‚man hätte es ganz gut bei ihm,'² meinte er. —
„Dieser Ansicht, daß er gut sein müßte, schloß sich nach
dem, was sie gehört hatte, auch die Portiers=Frau an, und
daß er seine junge schöne Frau verloren hatte und solchen
Kummer um sie litt, das erregte ihr Mitgefühl. Ihre
energische Zunge sorgte dafür, die empfangenen Nachrichten
bei der Nachbarschaft in Umlauf zu setzen und an Stelle
der staunenden Neugier, die dem einsamen Manne bisher
gefolgt war, trat die mitleidige Scheu, die man dem Un=
glück entgegenbringt. Mit Spannung³ erwartete man die
Ankunft seiner Kinder.

„Der schwarze Hauptmann hatte sich zu Gottlieb Bänsch
dahin geäußert, daß er selbst die Kinder abholen würde,
daß er dazu aber den Frühling abwarten wollte, denn der
Winter sei hier zu Lande sehr kalt, und sie wären in ihrer
Heimat an solche Kälte nicht gewöhnt. Diese Nachricht
vermehrte das Interesse; man machte sich im Geiste ein
Bild von den Kleinen, die in einem Lande geboren waren,
wo es so viel wärmer war und daher so viel schöner sein
mußte, und man lobte den ernsten Mann, der so viel
Sorgfalt für die zarten Geschöpfe zeigte. Der Frühling

kam, der Hauptmann reiste eines Tages mit der Eisen=
bahn ab, und wieder einige Tage später begab sich Gottlieb
Bänsch an einem vorher bestimmten Abende, zu später
Stunde auf den Bahnhof, um seinen Herrn zu empfangen.
Bald darauf, als es schon ganz dunkel war, rasselte eine
geschlossene Kutsche an dem einsamen Hause vor. Gottlieb
Bänsch schwang sich vom Bocke[1] und öffnete den Schlag[2]
des Wagens, aus dessen Innern er ein Päckchen heraus=
hob, das, wenn man es genauer betrachtet hätte, sich
als ein schlafendes Kind herausgestellt[3] haben würde.
Dann kamen zwei kleine Beinchen und nach diesen zwei
noch kleinere den Tritt herabgeklettert, nach diesen die lange
Gestalt des Hauptmanns selbst, welcher ein gleiches Päck=
chen wie Gottlieb Bänsch im Arme trug, die Hausthür
öffnete sich und schloß sich dann wieder — der schwarze
Hauptmann war mit seinen vier Kindern eingerückt.

„Und siehe da — am nächsten Tage, als es heller, war=
mer, sonniger Mittag war, da geschah ein Wunder, ein
holdes, liebliches Wunder; die Thür an des Hauptmanns
Hause ging auf, und heraus kamen vier Knäblein, eines
immer etwas kleiner als das andere, wie Orgelpfeifen, vier
entzückende, reizende kleine Geschöpfe. An der Schwelle
der Hausthür hatten sie das erste Hindernis zu bestehen,
denn an derselben stand die Portiers=Frau, welche beim
Anblick der vier Bürschchen in lauter Wonne die Hände
zusammenschlug und sie nicht eher vorüber[4] ließ, bis sie
jeden einzelnen derselben halb tot geküßt hatte.

„Dann kam Gottlieb Bänsch, der zum ersten Male
seines Amtes als Kinderfrau wartete und dessen gutes,
ehrliches Gesicht vor Vergnügen und Eifer ganz rot war.
‚Die reine Mutter¹ — jar nischt vom Vater, aber auch rein
jar nischt,‘ sagte er über die Kinder hinweg zu der Por=
tiers=Frau, die noch immer am Boden kniete und sich vor
Erstaunen nicht zu lassen² wußte. Er ordnete seine kleine
Kolonne, indem er das jüngste der Kinder auf seinen lin=
ken Arm, das zweitjüngste an seine rechte Hand nahm, die
beiden ältesten Knaben, von sieben und von sechs Jahren,
faßten sich gegenseitig an der Hand und schritten voraus.
Mit kleinen trippelnden Schritten kamen sie über die
Straße herüber, den Damm herauf, von Gottlieb Bänsch
gelenkt, der ihnen durch Zurufe wie ‚nu‘ links lang‘ und
‚so — nu‘ jrade aus‘ die Richtung des Weges angab, und
so begegnete ich ihnen an jenem ersten Tage."

Der Rektor schwieg und wischte sich das Gesicht — war
es der Schweiß, den er trocknete? ich glaube nicht.

„Wie viele Jahre," fuhr er nach langer Pause fort,
„sind hingegangen seitdem, wie oft hat die Sonne ihren
Bogengang vom Morgen zum Abend über den Damm
hin beschrieben, und immer, so lange es her ist, habe ich
ein Gefühl, als sei eine Leere, ein dunkler, nicht zu erhel=
lender Fleck an der Stelle geblieben, wo ich die Kinder
damals sah und nun nicht mehr sehe. Der Fleck, ich weiß
wohl, ist in meinem eigenen Innern, denn ich kann das
Licht nicht vergessen, das in mir aufging, als ich sie lang=

sam daherkommen sah, diese viere, mit ihren langen, blonden, im leichten Winde flatternden Locken, mit den großen, strahlend blauen Augen, die sich staunend auf die neue Welt ringsumher und auf die fremden Menschen richteten,
5 die an ihnen vorbeieilten. Diese Lichtgestalten die Kinder des finsteren schwarzen Hauptmanns? Ich vermochte es kaum zu fassen; denn es war, als wenn man aus einem alten, dürren Stamme, den man für abgestorben und tot gehalten hat, plötzlich frisches, duftendes Grün hervorbrechen
10 sähe. Ich blieb vor ihnen stehen, und die beiden voranschreitenden Knaben sahen den fremden Mann, der ihnen den Weg versperrte, schüchtern und ängstlich an.

„Wie heißest du denn?‛ fragte ich den Ältesten, und nach einigem Zögern erwiderte er, indem er mir groß¹ in's Ge-
15 sicht sah: ‚Edmund‘; er sprach etwas den breiten Dialekt seiner Heimat, so daß sein Name sich in dem kleinen Munde wie ‚Edmund‘² anhörte, und das klang unendlich reizend und hübsch. Ich wandte mich mit der gleichen Frage an den Zweiten; dieser aber schmiegte sich, ohne zu antworten,
20 ängstlich an den Bruder. Der kleine Edmund sah erst den verlegenen Bruder und dann mich an und mit einem allerliebsten³ Lachen sagte er sodann: „Hermann heißt er,‛ was in seinem Munde wieder wie ‚Heermann‘ klang. Er schaute mich jetzt ganz fröhlich mit den offenen Augen an und schien
25 seine Ängstlichkeit vergessen zu haben. ‚So gebt mir einmal eure Hand,‘ sagte ich — und die beiden kleinen rechten Hände vereinigten sich in der meinigen.

"„Wir werden gute Freunde werden, nicht wahr?"[1] sagte ich, indem ich mich tief zu den Knaben niederbeugte. Der kleine Edmund nickte mir mit seinem blonden Lockenkopfe energisch zu, das Hermännchen lächelte mich sanft an.

„Ich wandte mich zu den beiden Jüngsten, welche drei und vier Jahre zählen mochten. ‚Das ist der Georg,' erklärte der kleine Edmund, der mit mir zu seinem Brüderchen herangetreten war, indem er die erste Silbe des Namens betonte, und er zeigte auf den Kleinen, welchen der Bursche an der Hand führte. Das linke Händchen des Kindes hing in der großen, schweren Hand des Soldaten, und mit einer Sorgfalt, als fürchtete er die zarten Finger zu zerbrechen, hielt Gottlieb Bänsch die kleine Hand gefaßt. ‚Und das ist der kleine Moritz,' sagte Edmunds helle Stimme, als wir endlich vor dem Kerlchen standen, das auf des Burschen linkem Arme saß. Ich wollte seine Hand ergreifen, aber das Kind wurde ängstlich und schlang beide Arme um den Hals des Burschen, so daß sein kleines Gesicht sich dicht an dessen Kopf drückte.

„Gottlieb Bänsch lachte über sein breites, gutmütiges Gesicht. ‚Jieb[2] doch Händchen,' sagte er, ‚so jieb doch Händchen;' aber seine Ermahnung wollte nicht recht fruchten.[3]

„‚Er ist noch so klein — er fürchtet sich noch,' erklärte mir Edmund, um die Unbehilflichkeit des kleinen Bruders zu entschuldigen. Er schien sich seiner Würde und Verpflichtung als ‚Größter' vollkommen bewußt, und ich mußte herzlich lachen.

„Und du also,'[1] wandte ich mich wieder an ihn, ,du bist der große Edmund?'' Der Knabe schaute mit den klugen schönen Augen so fröhlich zu mir empor, daß ich mich nicht enthalten konnte, ihn unter den Armen zu ergreifen, hoch in die Luft zu schwenken und einen herzhaften Kuß auf das blühende Gesicht zu drücken. Sobald ich ihn wieder zur Erde gesetzt und er sich das Kittelchen zurecht gerückt hatte, schoß er einige Schritte voraus, und ich sah, wie er an der Kante des Dammes sich niederbeugte und etwas aus der Erde raufte. Gleich darauf kam er zurück, indem er mir ein eben aufgebrochenes Veilchen entgegenhielt.

„Soll das für mich sein?'' fragte ich, und das liebenswürdige Kind nickte mir stumm zu und errötete lächelnd, während ich die Blume aus seinen, von der aufgewühlten Erde braungefärbten Fingern nahm.

„Jetzt hatte auch das Hermännchen Mut gefaßt und kam zu mir heran.

„,Bitte, mich auch fliegen lassen,' rief es, und so mußte es denn auch emporgeschwungen werden, und als der Georg und der kleine Moritz das Brüderchen so lustig emporflattern[2] sahen, fingen sie an, vor Entzücken zu kreischen, und es war ein Lärm von lauter Glück und Seligkeit.

„Na[3] nu sagt abjee und danke och scheen', ermahnte Gottlieb Bänsch, welcher als Kinderführer und Erzieher die bedeutendsten Fortschritte machte.

„Edmund und Hermann, oder richtiger gesprochen Mundi und Männchen — denn ein Kind, das man ohne zärtliche

Abkürzung des Namens nennt, ist wie eine Blume, die man
nur mit botanischem Latein bezeichnet — Mundi und Männ=
chen also zogen nunmehr ihre kleinen Filzhüte vom Kopfe
und machten gleichzeitig eine Verbeugung nach meiner Rich=
tung hin, die sehr ernsthaft gemeint war und unendlich
drollig aussah. Dann faßten sich beide wieder an der
Hand, und während die kleine Karawane sich in Bewegung
setzte, blieb ich stehen und sah ihnen nach. Einen Augen=
blick darauf, nachdem sie wenige Schritte weiter gegangen
waren, drehte Mundi sich um, Männchen machte[1] es ihm
nach, und ich gewahrte an den großen Augen, mit denen
beide zu mir zurückblickten, daß ihnen nachträglich das Stau=
nen über den fremden Mann gekommen war, der so rasch
mit ihnen Freundschaft geschlossen hatte. Sie machten wie=
der Kehrt[2] und setzten ihren Weg fort, und so wie ich sie
damals sah, mit kleinen Schritten den Damm entlang
trippelnd, bald eine Frage an Gottlieb Bänsch richtend,
bald ein paar Schritte laufend, bald wieder stehen bleibend,
um dem höchst merkwürdigen Gebahren irgend[3] eines
Schmetterlings zuzusehen, so sind sie in meinem Gedächt=
nis geblieben, so sehe ich sie immer und immer noch, vor
mir hergehend, immer weiter von mir fort, bis daß sie
kleiner und kleiner werden, wie winzige leuchtende Pünkt=
chen, einen langen, langen Weg, der in das Jenseits
mündet. —

„Es dauerte nicht acht Tage,“ so wußte die ganze Stadt,
welch' niedliche kleine Mitbürger sie gewonnen hatte, und

noch acht Tage weiter, und das vierblättrige Kleeblatt war
der Liebling der ganzen Stadt. Die Frauen, die ihnen
begegneten, herzten und küßten sie, die Männer erwiesen
ihnen kleine Gefälligkeiten, indem¹ sie ihnen den verlorenen
Ball suchen halfen, oder beim Steigenlassen² von Papierdrachen behilflich waren. Und alles dieses entwickelte sich
unter den Augen von Gottlieb Bänsch, der in sein Amt
als Kinderfrau immer mehr hineinwuchs und für dasselbe
die mannigfachsten Fähigkeiten, vor allem die beste, ein
gutes Herz, entwickelte.

„Er zeigte sich äußerst sinnreich in der Erfindung und
Herstellung von allen möglichen Spielsachen, schnitzte den
Kindern Pfeifen aus Holz und Kalmusblättern,³ machte
ihnen Flitzbogen,⁴ Helme von Goldpapier mit Quasten, ja
dem Mundi verfertigte er aus einem alten Lederriemen
sogar ein Wehrgehänge⁵ und für dasselbe einen hölzernen
Säbel. Man konnte nichts Possierlicheres⁶ sehen, als wenn
er auf der Wiese drunten, wo die Kinder ihre Spiele
trieben, mit ernstester Miene diesen Beschäftigungen oblag,
und die vier kleinen Burschen mit staunenden Augen um
ihn her standen, des Augenblicks harrend, da die neue
Herrlichkeit fertig sein und in ihre Hände gelangen würde.

„Den schwarzen Hauptmann sah man bei diesen Spaziergängen niemals mit seinen Kindern zusammen, und das
schnell arbeitende Gerücht war denn auch bald mit seinem
Urteile dahin fertig, daß er sich aus ihnen nichts machte.⁷

„Ich konnte schon damals nicht an die Richtigkeit dieser

Behauptung glauben; denn Kinder, die von ihrem Vater
nicht geliebt werden, sehen nicht so aus, wie diese, nicht so
glücklich und nicht so wohl gepflegt, sind nicht artig und
zuthunlich gegen die Menschen, wie diese es waren, tragen
nicht so fein und sauber gearbeitete[1] Kittelchen, so prächtig
sitzende Schuhe und Stiefelchen, wie diese sie trugen. Ganz
dieser Ansicht war auch Gottlieb Bänsch, der sich dahin
äußerte, daß der Herr Hauptmann ‚den Kindern[2] sehr jut
wäre, er könnte es man nich so von sich jeben.' Ich sollte
bald Gelegenheit zu tieferem Einblick in das Verhältnis
zwischen Vater und Kindern erhalten; denn als die Ferien
gekommen waren, mit deren Schluß das neue Schulsemester
begann, klingelte es eines Tages an meiner Thür, und als
ich öffnete, stand der schwarze Hauptmann davor, Mundi
und Männchen an der rechten und linken Hand führend.
Er begrüßte mich mit gemessener, aber freundlicher Höflich=
keit, und während wir am Tische Platz nahmen, teilte er
mir mit einer tiefen Baßstimme seinen Wunsch mit, ‚seine
beiden Jungen' in die Vorschule aufgenommen zu sehen.

„‚Sie haben so früh ihre Mutter verloren,' sagte er,
‚und ich habe nicht die genügende Zeit, mich so mit ihnen
zu beschäftigen, wie ich möchte.'

„Unterdessen hatten sich die beiden Knaben in dem Zim=
mer umgesehen und während der kleine Hermann träume=
risch am Fenster lehnte und hinausblickte, studierte Edmund
mit größtem Eifer die Titel der Bücher, die in meinem
Repositorium aufgestellt waren.

„Verstehst du denn, was hier steht?" fragte ich, indem ich herantrat und ein Buch herabnahm. ‚Lies mir das einmal,'¹ und ich hielt ihm den Titel des Buches hin.

„‚Daniel's Lehrbuch der Geographie,' las er, ohne zu stocken.

„‚Weißt du denn, was Geographie ist?' forschte ich weiter.

„‚Geographie oder Erdbeschreibung,' schnurrte² das Bürschchen wie ein Uhrwerk herunter.

„‚Sieh, sieh,' sagte ich lachend, ‚du bist ja schon ein ganz gelehrter kleiner Mann,' und mein Blick fiel auf den Hauptmann, dessen Augen auf dem Knaben ruhten. Ich wußte plötzlich, woran ich war; denn an der schweigenden Glut dieser Augen erkannte ich, mit welch' leidenschaftlicher Gewalt die Seele des Mannes den Knaben umschlossen hielt. Das kleine Examen, das ich mit diesem angestellt,³ hatte den Vater offenbar viel tiefer erregt als den Knaben selbst; das nahm ich an dem beinahe unmerklichen Zittern seiner Nasenflügel und an dem Anfluge⁴ stolzen Lächelns wahr, das sein Gesicht umspielte, indem er jetzt den Knaben an sich zog und die Hand an seinen blonden Kopf legte.

„‚Was willst du denn einmal werden?' fragte ich den Kleinen.

„‚Ein Professor,' antwortete er, und das Wort kam wie aus der Pistole geschossen.

„‚Das hat er sich einmal in den Kopf gesetzt,' sagte der Hauptmann, und diesmal lächelte er wirklich — es war ein glückliches Lächeln. Welch' ein Gebäude stolzer Hoffnungen

mochte vor seiner Seele aufsteigen, während er so auf sein
kluges aufgewecktes Kind herabschaute.

„‚Nun du da, komm' du auch einmal heran,‘ wandte er
sich jetzt an Männchen, der noch immer am Fenster stand.
Das Kind trat heran und schaute den Vater mit seinen
sanften Augen treuherzig an — ich habe nie einen weicheren
Blick in Kindesaugen gesehen. —

„‚Was soll denn aus dir einmal werden?' fragte der
Hauptmann, und der Ton seiner Stimme klang etwas
barscher.

„Männchen sah den Bruder an.

„‚Auch ein Professor,‘ sagte er mit seiner dünnen kleinen
Stimme.

„Mundi lachte hell auf, und der Hauptmann strich mit
der Hand wie mit einer Bürste über das Haar des Kleinen. ‚Du würdest einen schönen Professor abgeben,‘
sagte er.

„‚Ich weiß nicht, wie es kam, aber ich fühlte ein Bedürfnis, für das Kind einzutreten; in der Art, wie der
Hauptmann mit ihm sprach und verkehrte, lag etwas Geringschätziges, was mich verdroß und in der Seele des harmlosen Geschöpfes kränkte, das mit einem so sanft vertrauenden Blick zum Vater emporschaute, als könnte von da nur
Gerechtigkeit, Liebe und Güte kommen.

„‚Gewiß,‘ sagte ich beschwichtigend, ‚wenn Männchen
fleißig ist, wird er alles lernen, was Mundi gelernt hat,
und dann kann er auch einmal Professor werden.‘

„Mundi kann auch schon schreiben,' sagte der Kleine, indem er voller Bewunderung zu dem älteren Bruder hinübersah, der vor Vergnügen und Stolz errötete und wie eine frische Rose am Stocke aussah.

„Die Augen des Hauptmanns gingen wieder zu seinem Ältesten zurück und blieben an ihm hangen — ich sah wohl, daß der andere gegen ihn nicht aufkommen würde.

„Beide Knaben traten nun in die Vorschule ein; Mundi kam in die oberste Klasse und ging vorwärts wie ein junges, feuriges Füllen, Männchen kam in die Klasse darunter und war ebenso fleißig, aber freilich nicht so begabt wie der Bruder, welcher in der That sich als ein Kind von seltener Befähigung zeigte. Pünktlich mit dem Glockenschlage rückten sie des Morgens zur Schule an, und wenn die Schule zu Ende war, dann sah man am Ausgangsthore Mundi stehen, der auf Männchen, oder Männchen, der auf Mundi wartete, und Hand in Hand pendelten[1] sie dann nach Hause, ein liebliches Bild brüderlicher Eintracht und Liebe.

„Das ging so eine Zeit fort, es wurde Winter; an die Stelle der leichten Sommerkittelchen traten dicke, warme Überzieher, die kleinen Beine trotteten in Kanonenstiefelchen[2] den Weg zur Schule und die blonden Köpfchen waren mit Pelzkappen bedeckt, unter denen die kleinen Gesichter rot und frisch wie Borsdorfer[3] Äpfel hervorschauten. Den kalten Winter löste[4] ein warmes Frühjahr ab, und nach diesem kam ein glühend heißer, trockener Sommer. Zum

erften Male gefchah es in diefer Zeit, daß Mundi während
des Unterrichts unaufmerkfam und teilnahmslos war. Ich
fah den Knaben an und bemerkte in feinen Augen einen
Ausdruck, den ich noch nie darin gefehen; fie waren müde
und wie mit einem Schleier überzogen.

„Fehlt dir etwas?" fragte ich, indem ich ihn unter dem
Kinn faßte und ihm ins Geficht fah. Die Haut war
trocken und heiß. ‚Thut dir etwas weh?' Er nickte leife.
‚Wo thut es weh?' fragte ich. ‚Im Kopf,' erwiderte er.
— ‚Geh' an den Brunnen hinunter,' fagte ich, ‚trink' ein
Glas frifch Waffer und dann komm wieder.'

„Das Kind erhob fich, ging hinaus und kam nicht zurück.
Ich trat an das Fenfter und fah ihn auf einer Bank des
Hofes fitzen, den Kopf an die Mauer des Haufes zurück=
gelehnt. Eine plötzliche Unruhe überkam mich; ich rief
Männchen aus feiner Klaffenftube.

„‚Dein Brüderchen ift krank geworden,' fagte ich zu ihm,
‚lauf' nach Haufe und fage Gottlieb Bänfch, er folle ihn
holen kommen.'

„Als Männchen den Bruder fo kläglich auf der Bank
fitzen fah, ftürzte er auf ihn zu, ihn zu umarmen. Mundi
erwiderte die Liebkofung¹ nicht, und der Kleine blieb einen
Augenblick ganz ratlos ftehen, indem er die Arme herab=
hängen ließ.

„‚Lauf' nur,' fagte ich, ‚lauf'; und er fchoß mit Win=
deseile davon.

„Eine Viertelftunde fpäter erfchien nicht Gottlieb Bänfch,

wohl aber der Hauptmann selbst, und ich werde den Ausdruck angstvoller Besorgtheit nie vergessen, mit dem er auf den Knaben zueilte. Er hob das Kind von der Bank, riß es an seine Brust und trug es an die Droschke, die er mitgebracht hatte, und welche vor dem Thore wartete. Der Knabe ließ alles teilnahmlos mit sich geschehen. Männchen war mit[1] vor die Thür getreten und blieb ganz traurig stehen, während das Gefährt davonrasselte; der Vater hatte nur für Mundi Blicke und Gedanken gehabt.

„Und heute zum ersten Male ging Männchen einsam von der Schule nach Haus. —

„Am nächsten Tage kam Mundi nicht mehr zur Schule, und als ich den kleinen Bruder, der stumm, verstört auf seinem Platze saß, nach ihm befrug, erfuhr ich, daß er zu Bett läge, und als ich am Nachmittage Gottlieb Bänsch mit den anderen Kindern begegnete, teilte mir derselbe mit — und sein Gesicht war voll Kummer und Sorge — daß der Arzt gemeint hätte, es könnte ‚janz[2] schlimm‘ werden, und der Herr Hauptmann hätte die ganze Nacht bei ihm gesessen, und ginge gar nicht weg von dem Bette des Kindes. Der Arzt hatte recht vermutet, und Gottlieb Bänsch recht gehört, es wurde schlimm." —

Wieder machte der alte Rektor eine lange Pause; dann erschien auf seinem Antlitz ein bitteres, zorniges Lächeln. „Die Alten," sagte er, „hatten es bequemer als wir; wenn ein brutaler Streich des Schicksals ihnen ein teures Gut entriß, dann hieß[3] es einfach: Die Götter sind neidisch ge-

worden — wir Christen sollen[1] unserem Gotte alles zum
Besten auslegen, wenn wir ihn auch manchmal gar nicht
verstehen; nein gar nicht, wirklich gar nicht!"

Er hatte den Hut vom Kopfe gerissen und schlenkerte[2]
ihn hin und her, und der Schmerz, den ihm die Erinnerung
bereitete, schien heiß und gewaltig zu sein wie an dem
Tage, als alles das geschah, was er mir heute nach Jahren
erzählte. „Denn wie soll man es begreifen," fuhr er fort,
„und warum mußte es sein, daß plötzlich in all' diese blü=
hende Kinderherrlichkeit, die nur da war zu der Menschen
Glück und Freude, plötzlich das Verderben einbrechen durfte,
das Verderben in seiner grauenhaftesten Gestalt, in Gestalt
jenes Ungetüms mit glasigen Augen, brandgeröteten[3] Wan=
gen —"

Er brach im Satze ab, da er meinen erstaunten Blick
gewahrte. „Ich merke," sagte er, „daß ich zu phantasieren
beginne, anstatt zu erzählen; das was ich meine, war das
Scharlachfieber.

„Woher es plötzlich gekommen war, da in der ganzen
übrigen Stadt kein Fall der Krankheit sich gezeigt hatte,
ob die Kinder den schnellen Wechsel der Temperatur nicht
vertragen konnten — alle diese Fragen blieben ungelöst vor
der furchtbar gewissen Thatsache stehen: es war da. Wie
ein Dieb in der Nacht war es in das Haus des unglück=
lichen Hauptmanns eingebrochen und hatte sich mit teuf=
lischer Gewalt auf den kleinen Edmund geworfen. Vier=
undzwanzig Stunden hatte das arme Kind bereits ohne

Besinnung in Fieberdelirien geschmachtet, als auch der kleine Moritz und der Georg sich niederlegten, und nachdem Männchen, blaß wie ein Schatten, noch an drei Tagen zur Schule gekommen war, blieb am vierten Tage auch er aus. Die Krankheit hatte auch ihn ergriffen. Und dann kam ein Tag — die Menschen hielten einander auf der Straße an, flüsterten sich etwas zu, leise und heimlich, als schwebte in den Lüften über ihrem Haupte eine furchtbare, tyrannische Macht, die man nicht wecken dürfte durch lautes Sprechen, die Frauen schlugen die Hände zusammen und die Männer schüttelten den Kopf, und man schaute hinüber zu den verhangenen[1] Fenstern an des Hauptmanns Hause, mit dem scheuen Blick, mit dem man auf ein namenloses Unglück, auf einen von Gott geschlagenen Menschen sieht.

„‚Alle Viere tot?‘ hörte ich, als ich den Damm entlang ging, eine Frau neben mir fragen.

„‚Dreie,‘ war die Antwort, ‚und das Vierte liegt im Sterben.‘

„Als ich das vernahm, mußte ich mich an einen Baum lehnen, denn ich fühlte, wie mir das Blut in den Adern stockte, und während ich so mit zitternden Knieen stand, erlebte ich eine schreckliche Sinnestäuschung:[2] ich sah, wie das Laub der Bäume, das Gras auf den Wiesen, alles was grün im Bereiche meiner Augen war, sich in rostiges, trockenes Gelb verwandelte nicht in das warme Gelb des Herbstes, sondern in das tote Gelb der Wüste.“

Der Rektor wandte sich zu mir: „Glauben Sie nicht," sagte er, daß ich Ihnen hier Phantasterei[1] erzähle; ich war meiner Sinne Meister wie in diesem Augenblick, und darum eben war es so entsetzlich. Ich fühlte nur ein einziges, dumpfes Bedürfnis: Näheres, Genaueres zu erfahren, und deshalb ging ich hinüber in das Haus des Verderbens. Aus ihrer Kellerwohnung[2] blickte, als sich mir die Hausthür öffnete, die Portiers-Frau mit Augen, die rot und gedunsen waren, und als sie meiner ansichtig wurde, setzte sie sich auf den Stufen der Treppe nieder, drückte die Schürze ans Gesicht und brach von neuem in lautes, klagendes Weinen aus. ‚Gehen Sie nicht 'rauf,'[3] sagte sie, ‚es ist zu schrecklich; Gott hat seine kleinen Engel zu lieb gehabt und hat sie wieder bei sich haben wollen.' Ich hörte ihr zu, ohne einen Laut von mir zu geben; nur der kleine Hermann war noch nicht dahingerafft, aber auch für sein Leben hegte der Arzt die schwersten Besorgnisse.

„Wie zerschlagen wandte ich mich zurück und verließ das Haus. ‚Gott hat seine Engel zu lieb gehabt' — wie ein Echo des tötlichen Ereignisses klangen diese Worte in meinem Innern nach.

„Lassen Sie mich hinweggehen über den Tag, da wir sie zu Grabe trugen, und da eine unermeßliche Schaar freiwillig Leidtragender[4] sich dem trostlosen Zuge anschloß. Blumen ohne Zahl bedeckten den Hügel, unter dem sie gemeinschaftlich gebettet wurden, ein dichter Hollunderstrauch streckte seine Zweige darüber her.

"Zum ersten Male seit dem Beginn dieser Ereignisse sah ich an dem Tage den Hauptmann wieder. In seinem Antlitz zuckte keine Miene; aus seinen Augen floß keine Thräne; aber der Ausdruck seiner Züge war derartig, daß niemand ihm ein Wort zu sagen wagte. Als ich mich trotzdem zu ihm herandrängte und seine Hand ergriff, sah er mich einen Augenblick starr an, dann begannen seine Augen zu rollen, daß ich das Weiße darin sah, und mit einer jähen, beinah wilden Bewegung riß er seine Hand aus der meinigen und wandte sich von mir ab.

"Anders war es mit Gottlieb Bänsch. Ich hatte ihn anfänglich nicht bemerkt, weil er ganz im Hintergrunde stehen geblieben war; als ich ihn jetzt entdeckte, sah ich ihn, den Helm in der Hand, mit dem Rücken gegen das Grab und die Versammelten gewendet, lautlos vor sich hin weinen, daß ihm die Thränen an der Nase entlang liefen.

"Der Eindruck, welchen der plötzliche Tod der Kinder hervorgebracht hatte, war ein so dumpf betäubender, daß zuerst niemand daran dachte, daß eins derselben noch am Leben war. Ich gestehe, daß auch ich das arme Kind vollständig vergaß, und als ich mich dann nach ihm erkundigte, geschah es in der schweigenden Voraussetzung,[1] daß ich seinen bereits erfolgten[2] oder nahe bevorstehenden Tod erfahren würde. Das Gegenteil war der Fall: der kleine Hermann hatte die Krankheit überwunden, er erholte sich.

"Es war einige Wochen später, als ich ihm zum ersten

Male wieder an der Hand von Gottlieb Bänsch begegnete. Hängenden Hauptes, schwankenden Ganges kam er daher, als wenn ihm das Gehen noch Mühe machte; die Thränen traten mir in die Augen. ‚Guten Tag, Männchen,‘ sagte ich, indem ich vor ihm stehen blieb und ihm die Hand bot.

„Das Kind hob die Augen zu mir empor; sie waren noch größer geworden als früher und blickten aus einem abgemagerten, blassen kleinen Gesicht hervor. Es war ein kläglicher Anblick. ‚Kennst du mich denn nicht mehr?‘ fragte ich, als er keine Anstalt machte, meine Hand zu ergreifen und als ich seine Augen mit einem Ausdruck auf mich gerichtet sah, als erblickte er mich zum ersten Mal.

„Der Knabe drängte sich lautlos an den Soldaten, scheu und ängstlich, als wenn er sich hinter dessen Rock verstecken wollte.

„Gottlieb Bänsch legte seine große Hand auf des Knaben Kopf und klopfte ihn leise. ‚Fürchte dir¹ doch nich,‘² sagte er begütigend, ‚er is ja jut zu dir.‘

„Sein Zureden half nichts, und mit trübem Kopfschütteln blickte Gottlieb Bänsch auf den Kleinen nieder.

„‚Er ist wohl noch nicht ganz wieder hergestellt?‘ fragte ich.

„‚Jesund‘ is er schon,‘ erwiderte der Bursche, ‚aber —‘ er vollendete den Satz nicht und nickte langsam vor sich hin. Ich sah, wie er sich grämte und es schien mir, als ob er noch etwas zu sagen hätte, was er sich nicht zu sagen getraute.

„Wirſt du denn nun bald wieder zu uns in die Schule kommen?' wandte ich mich noch einmal an Männchen.

„‚Das wäre schon das Beſte,' erwiderte Gottlieb Bänſch für ihn; ‚denn ſehen Sie,' und er ſprach leiſer, als wollte er von dem Kinde nicht verſtanden ſein — ‚meine Zeit is nu nächſtens um,¹ ick jehe² nach Hauſe, und ick weiß doch jar nich,³ was denn⁴ mit dem Kinde werden ſoll.'

„Ich ſah ihn erſtaunt an. ‚Was ſoll denn werden?' meinte ich, ‚er bleibt bei ſeinem Vater?'

„Gottlieb Bänſch nickte wieder gedankenvoll wie vorhin. ‚Da, lauf' mal⁵ an den Sandhaufen,' ſagte er zu Männchen, indem er ihm eine kleine Karre und einen Holzſpaten in die Hand gab, die er für das Kind mitgebracht hatte, ‚ſchippe⁶ ein bisken Sand, ick werde jleich⁷ nachkommen.'

„Der Kleine befolgte die Weiſung und karrte vom Damm herab dem Sandhaufen zu, wo ich ihn früher ſo manchesmal in harmloſem Spiele mit ſeinen Brüdern geſehen hatte.

„Als er ſich entfernt hatte, wandte Gottlieb Bänſch ſich wieder zu mir. ‚Der Hauptmann,' ſagte er, ‚was das mit dem jetzt is — man weiß jar nich, was man dazu ſagen ſoll. Den janzen⁸ Tag jeht er rum und redet kein Wort; und das Kind da, ſehen Sie, das is, als wenn's jar nich da wäre für ihn.'

„Ich dachte an den Vorgang, der ſich in meiner Wohnung abgeſpielt hatte. ‚Ich glaube,' ſagte ich, ‚daß er den älteſten Knaben am liebſten hatte.'

„Ach¹ Jott,' entgegnete der Bursche, ‚ick jlobe, die andren hätten alle miteinander sterben können, wenn er man² bloß den Ältesten behalten hätte.' Er blickte zu Männchen herab, der sich mit seiner Karre beschäftigte. ‚Es is ja wahr,' sagte er, ‚der andere, das war ja ein Staatsjunge;³ aber was kann denn das arme Wurm⁴ dafür, daß es alleene übrig geblieben is.'

„Er ging dem Knaben nach, und sicherlich ahnte er nicht, welch' schauerlichen Eindruck seine einfachen Worte auf mich gemacht hatten. —

„Wir befanden uns am Ausgange des Sommers; es kam der Herbst, und mit ihm die Entlassung der Reservisten. Zu diesen gehörte Gottlieb Bänsch, dessen dreijährige Dienstzeit abgelaufen war. Ich brauche Ihnen das Bild nicht zu beschreiben, das die Stadt zu solcher Zeit bietet: der Soldat freut sich der wieder erlangten Freiheit und sucht seinem Freiheitsbewußtsein entsprechenden Ausdruck zu verleihen. Einzeln und in Gruppen sieht man sie durch die Straßen ziehen, Infanteristen, Kavalleristen und Artilleristen, in dem alten Uniformsrock, den sie in die Heimat mitnehmen, die Mütze, die bisher vorschriftsmäßig gerade gesessen, keck auf's Ohr gerückt, ohne Seitengewehr,⁵ aber dafür mit Stöcken ausgerüstet. Dieses Wahrzeichen des bürgerlichen Lebens, in welches sie nun wieder eintreten, gehört wie ein unumgängliches Attribut zum preußischen Reservisten; mit allem Stolze, den der Gedanke verleiht, daß man jetzt thun und tragen darf, was bis dahin verpönt[1] gewesen wäre, wird der Stock gehandhabt, und an seiner verschiedenartigen Form erkennt man noch die Charaktereigenschaften der verschiedenen Waffengattungen. Der Stock des Kavalleristen ist der eleganteste und dünnste, der des Infanteristen stärker und dicker, die derbsten Knüppel[2] führen die Artilleristen. Mit einem Stocke dieser Art erschien Gottlieb Bänsch am Tage, da er entlassen ward.

„Es geschah an einem umwölkten Septembernachmittage, und ich befand mich auf dem Bahnhofe, wo ich einem abreisenden Freunde Lebewohl gesagt hatte, als ich Gottlieb Bänsch des Weges daher kommen sah.

„Schaaren von anderen Reservisten, die zugleich mit ihm in die gemeinsame Heimat befördert werden sollten, zogen lärmend, jauchzend und singend vor und hinter ihm die Straße entlang; er ging abgesondert von ihnen, ganz still und ganz ernst. In seiner Rechten trug er seine geringen Habseligkeiten,[3] in einem rotbaumwollenen Taschentuche zusammengebündelt, zu seiner Linken lief Männchen.

„Ob[4] der Knabe wußte, daß er Gottlieb Bänsch heute zum letzten Male begleitete? Der Bursche hatte ihm seinen großen, dicken Stock anvertraut, und das Kind benutzte ihn als Steckenpferd, indem es mit den kleinen Händen den gebogenen Griff desselben umfaßte und neben dem Soldaten einherritt. Auf dem Eisenbahnperron angelangt, nahm Gottlieb Bänsch den Knaben etwas zur Seite, und während er den bereit stehenden Zug mit sinnenden Blicken musterte, blickte Männchen zu ihm empor, in schweigendem Staunen, als nähme er eine Veränderung an ihm wahr. Ich stand dicht hinter beiden. Gottlieb Bänsch neigte sich zu dem Kinde nieder und klopfte es leise auf die Bäckchen, indem er ihm vorsichtig den Stock aus den Händen nahm.

„Siehst du,' sagte er, indem er auf den Eisenbahnzug hindeutete, ‚da steig ick nu ein und fahre nach Hause, und hier hab' ick dir noch was Hübsches mitgebracht.' Aus seiner Rocktasche zog er eine kleine Holzflöte, die er dem Kinde einhändigte; offenbar hatte er sie von seinen mageren Ersparnissen gekauft.

„Männchen nahm das Geschenk in Empfang, ohne die Augen von Gottlieb Bänsch zu verwenden. Ich trat hinzu. ‚Wollen Sie nicht eine Cigarre nehmen?' wandte ich mich an den Burschen, und hielt ihm meine Cigarrentasche hin.

„‚Danke ooch schön,'[1] versetzte er, indem er mit seinen dicken Fingern in die Tasche griff und eine Cigarre herausnahm.

„‚Nehmen Sie doch mehr,' sagte ich, und ich schüttelte den ganzen Inhalt der Tasche in seine Hand.

„‚Ick danke, ick danke,' erwiderte er, indem er verlegen schmunzelte und die Cigarren zwischen die Knöpfe seines Uniformrockes schob. Ich bot ihm die Hand zum Abschiede und er drückte sie, indem er seine Mütze rückte. Wie hart war diese Hand, wie ungeschlacht diese Finger, und wie weich war sein Herz, wie zartfühlend und gut!

„‚Wenn Sie doch so jut sein wollten,' wandte er sich leise an mich, ‚und das Kind nachher von dem Bahnhof mitnehmen; er hat partout¹ mitlaufen wollen, und ick hab's doch nich über's Herz bringen können, ihn zu Hause zu lassen.' Ich nickte ihm schweigend meine Zusage.

„Die Glocke mahnte zum Aufbruche, und als Gottlieb Bänsch sich zum Einsteigen in Bewegung setzte, hing Männchen sich mit beiden Händen an seine Hand.

„Der Bursche machte sich sanft von ihm los, als er aber das Coupé² erstiegen hatte, setzte der Knabe den Fuß auf das Trittbrett und streckte die Arme nach ihm aus. ‚Mit= fahren, auch mitfahren!' rief er, indem er angstvoll zu Gottlieb Bänsch emporschaute.

„Die anderen Soldaten, die im Coupé saßen, fingen an zu lachen. ‚Kiek'³ mal den kleenen Reservisten,' hieß es, ‚der will ooch mit.'⁴

„Gottlieb Bänsch aber kam noch einmal herabgeklettert, legte seine beiden großen Hände um des Kindes Gesicht, so daß es ganz darin verschwand; er beugte sich tief zu dem Knaben herab, klopfte ihm leise auf den Rücken und wollte lachen — plötzlich aber liefen ihm die Thränen über die Backen herunter. ‚Es jeht ja nich, Männeken,'⁵ sagte er schluchzend, ‚es geht ja nich,' dann riß er sich los und sprang mit einem Satze in das Coupé zurück, dessen Thür hinter ihm zuschlug. Der Eisenbahnzug setzte sich in Be= wegung und rollte unter einem donnernden ‚Hurrah' der Reservisten aus der Halle des Bahnhofes hinaus.

„Verloren unter der Menschenmenge, welche sich auf dem
Eisenbahnperron[1] drängte, blieb das Kind stehen und blickte
wie betäubt dem Zuge nach, der sich schneller und schneller
entfernte; die Holzflöte, die ihm Gottlieb Bänsch geschenkt
hatte, umklammerte es mechanisch mit seiner kleinen Hand.
Ich hielt mich in seiner Nähe, und der Anblick des einsamen
Kindes schnürte[2] mir das Herz zu. ‚Na,[3] Männchen,‘
sagte ich, indem ich herantrat und seine herabhängende Hand
in die meinige nahm, ‚gib mir die Hand, wir wollen nach
Haus gehen.‘

„Der Knabe hob das blasse Gesichtchen zu mir empor.
‚Kommt er bald wieder?‘ fragte er. Der Bursche hatte
ihm verschwiegen, oder das Kind hatte nicht verstanden, daß
der Abschied für immer sei, und auch mir versagte der
Mut, ihm völlige Aufklärung zu geben.

„‚Komm nur,‘ sagte ich, ‚sei ein artiges Kind, dann wird
schon alles gut werden.‘

„Meine Aufforderung war überflüssig, denn es hat nie
ein gefügigeres kleines Geschöpf gegeben, als dieses arme
Kind. Er ließ seine kalte, kleine Hand in der meinigen,
und so wie er mit Gottlieb Bänsch zum Bahnhofe ge=
kommen war, ging er nun an meiner Seite davon. Unter=
wegs überlegte ich, was ich mit ihm machen sollte; ich
mußte ihn zu seinem Vater zurückbringen, das war mir
klar; unwillkürlich jedoch überkam mich bei dem Gedanken
ein gewisses unheimliches[4] Gefühl.

„Wir kamen bei einem Zuckerbäcker vorbei, und ich trat

ein, um eine Düte¹ voll unschuldiger Näscherei für ihn zu kaufen; ich empfand ein Bedürfnis, das grauenvolle kleine Herz mit Trost und Licht zu erfüllen.

„Ich hielt ihm die geöffnete Düte vor die Augen. ‚Sieh' mal die schönen Bonbons,‘² sagte ich, ‚wollen wir ein paar davon essen?‘

„Der Knabe blickte schweigend in die Düte und hob keinen Finger; ich mußte ihm selbst ein Zuckerplätzchen in den Mund stecken.

„So unscheinbar dieser Vorgang war, so machte er dennoch einen tiefen Eindruck auf mich: bisher waren mir Kinderthränen wie ein Gewitterregen erschienen, der rasch niederfällt und rasch verdampft — hier sah ich ein Kind, das nicht weinte und bei dem Trost, mit dem man die Schmerzen des Kindes so leicht zum Schweigen bringt, nichts fruchtete. Ich konnte mich nicht entschließen, ihn jetzt schon zu seinem Vater zurückzubringen; ich nahm ihn nach meiner Wohnung mit und ließ ihm eine Tasse Milch vorsetzen.³ Bis daß sie gebracht wurde, zeigte ich ihm die Bilder in meiner Stube, die Bücher, und versuchte ihn durch Neckereien zur Heiterkeit zu bewegen. Er sah und hörte lautlos zu. Dann setzte ich ihn auf das Sofa, und wie ein kleiner Vogel nippte⁴ er den Inhalt der Schale, die ich vor ihn gestellt hatte, mit kleinen langsamen Schlucken aus. Mittlerweile aber wurde es dunkel, und ich mußte ernstlich daran denken, ihn nach Hause zu schaffen. ‚Komm, Männchen,‘ sagte ich, ‚mach' dich fertig, nun wollen wir zum Papa nach Hause gehen.‘

„Gehorsam rutschte er vom Sofa herunter; er griff nach seinem kleinen Hute, dann blieb er mitten in dem Zimmer stehen.

„Nun?' sagte ich, indem ich an die Thür trat, um sie zu öffnen. Als ich jedoch die Klinke[1] berührte, fing das Kind, das bis dahin ohne Thränen, ohne Laut gewesen war, plötzlich an, kläglich zu weinen. Es hob nicht das Haupt, es regte kein Glied; wie in sich zusammengesunken[2] stand es da und weinte — weinte —"

Dem Rektor brach die Stimme ab, seine Brust arbeitete schwer, und er strich mit der flachen Hand zweimal und dreimal über beide Augen.

„Seit jener Stunde," fuhr er fort, „kann ich nicht mehr vorübergehen, wenn ich ein Kind weinen sehe — denn in jener Stunde erfuhr ich, wie Kinder weinen können, und daß ihre Thränen schrecklich sein können, schrecklicher als die aller Erwachsenen.

„Ich ließ die Thür fahren und war mit einem Schritte neben ihm. ‚Männchen?—' sagte ich.

„Und nun schlang der Knabe beide Arme um mich her, indem er sich mit den Händen an den Falten meines Rockes festklammerte, und während ein Schluchzen seine Brust er= schütterte, das ihm, so schien es, das Herz sprengen wollte, drückte er sein Gesicht an mich, als ob er sich zu verstecken strebte. ‚Ich fürchte mich so,' rief er, ‚ich fürchte mich so.'

„Wie ein eisiger Schauer drangen mir diese Worte ins Herz, wie ein jäher, furchtbarer Schreck. Ich wagte nicht

zu fragen, was es sei, wer es sei, vor dem er sich fürchtete;
ich wagte nicht, ihm Trost zuzusprechen,[1] denn ich ahnte,
daß der Naturlaut der Verzweiflung, der aus dieser Kindes=
seele hervorbrach, aller meiner Weisheit unendlich überlegen
und viel, viel klüger war als alle meine Vernunftgründe.

„Ich setzte mich auf einen Stuhl und hob das Kind auf
meinen Schoß; ich nahm seine beiden kleinen, eiskalten
Hände in meine Hand und lehnte sein von Thränen über=
flutetes[2] Gesicht an meine Brust; und so saß ich mit ihm
in dem dämmernden Raume, lange, lange Zeit, und die
Stille um uns her ward nur von dem Schlucken[3] und
Schluchzen des Knaben unterbrochen, welches allmählich
leiser zu werden und zu verhallen[4] begann. Ich sprach
kein Wort, ich drückte die gebrechliche kleine Gestalt an
mich, und so leicht ihr Gewicht auf meinen Knieen ruhte,
so hatte ich doch ein Gefühl, als hielte ich die ganze uner=
meßliche Last des menschlichen Jammers und Leides, ver=
körpert in diesem Kinde, auf meinem Schoße.

„In jener Stunde lernte ich meinen Beruf, Kinder zu
leiten und zu erziehen, zum ersten Male in all'[5] seiner
Größe und Heiligkeit erkennen. Ich hatte ihn zu kennen
geglaubt, weil ich gelernt hatte, was man äußerlich dazu
eben gelernt haben muß; jetzt, im Angesichte dieses Kin=
des, dessen Seele nach Liebe schrie und dem die Welt zur
Einöde ward, weil es keine Liebe fand, erfuhr ich, daß ich
im Dunkeln getappt hatte und daß die ganze Weisheit
meines Amtes sich in das eine Wort zusammenfaßt: ‚Gebt
dem Kinde Liebe.'

„Endlich, als der erste, heftigste Anfall der Verzweiflung sich gemäßigt und der Knabe zu weinen aufgehört hatte, setzte ich ihn vorsichtig von meinem Schoße herab und stellte ihn auf die Füße. Ich strich ihm das blonde Haar glatt, setzte ihm den Hut auf und ohne weiter etwas zu sagen, faßte ich ihn an der Hand. Gedulbig wie immer, überließ er sie mir, und ohne fürderen Widerstand zu leisten, ging er neben mir her durch die dunkelnden Straßen der Stadt, dem Hause seines Vaters zu.

„Der Hauptmann saß, als wir bei ihm eintraten, an seinem Schreibtisch, das Haupt in die aufgestützte Hand gesenkt;[1] die Lampe stand neben ihm und ließ sein hageres Profil scharf aus der schwarzen Umrahmung von Bart und Haar hervortreten. Ein Buch lag aufgeschlagen vor ihm, seine Augen aber gingen über dasselbe hinweg und hafteten an einem Bilde, das über dem Tische an der Wand hing; ich erkannte es nach der Beschreibung, es war das Bild seiner Frau. Seine Gedanken schienen ernst und schwer zu sein, und sein Blick war so starr, daß, als er das Haupt nach der klappenden Thür wandte, es so aussah, als müßte er ein Band durchreißen, das von jenem Bilde ausging und seine Augen daran gefesselt hielt.

„Als er mich erkannte, stand er auf und begrüßte mich, ich sah den erstaunten Blick, mit dem er den Knaben an meiner Seite musterte. ‚Wo kommst denn du her? so spät?‘ fragte er, indem er auf den Kleinen niederblickte.

„Der Knabe gab keinen Laut von sich. Ich erklärte ihm,

wohin derselbe gegangen war, und daß ich ihn auf dem
Bahnhofe getroffen und mit mir genommen hätte.

„Der Hauptmann nickte schweigend mit dem Kopfe.

„‚Ich bin Ihnen dankbar,‘ sagte er dann, ‚bitte, nehmen
Sie doch[1] Platz.‘ Während ich mich setzte, ließ er sich
wieder vor dem Schreibtische nieder.

„‚Komm her,‘ wandte er sich an Männchen, der an der
Stelle stehen geblieben war, wo er neben mir gestanden
hatte. Das Kind warf einen scheuen Blick auf den Vater,
that einen halben Schritt auf ihn zu und blieb wieder stehen.

„‚So komm doch, ich thue dir ja nichts,‘ sagte der Hauptmann ungeduldig. Er streckte den Arm aus und zog den
Knaben an sich, so daß derselbe zwischen seinen Knicen zu
stehen kam.

„‚Bist du hungrig? willst du Abendbrot essen?‘ fragte
der Hauptmann, indem er dem Kinde über die Haare
strich. Männchen schüttelte schweigend den Kopf, dann
verzog[2] er das Gesicht, als ob er zu weinen anfangen
wollte.

„‚Du sollst ja nicht immer weinen,‘ sagte der Vater;
das Kind fuhr[3] zusammen, schluckte die Thränen hinunter
und stand, ohne den Vater anzusehen, starr und regungs-
los da; sein kleines Gesicht war leichenblaß. Plötzlich bog
der Hauptmann sich herab und mit einer beinahe wilden
Bewegung riß er den Knaben auf seinen Schoß, an seine
Brust. Mit beiden Armen hielt er ihn umschlungen, sein
Gesicht neigte sich so tief zu ihm nieder, daß sein schwarzer

Bart wie eine dunkle Wolke über dem Antlitz des Kindes lag, und so gewaltsam preßte er den Knaben an sich, daß derselbe wie erstickt an seiner Brust lag.

„Alles dies geschah in tiefem, lautlosem Schweigen; des Knaben Haupt war hinten über gesunken, er hatte die Augen geschlossen und sah einen Augenblick aus, als wäre er tot; auch der Hauptmann sprach kein Wort, nur ein dumpfes Stöhnen rang sich aus seiner Brust hervor, und indem er den Knaben wie eine Puppe handhabte, sah es aus, als würde er vom Krampfe der Verzweiflung regiert. Endlich ließ er sein Haupt tief, bis auf die Brust des Kindes niedersinken und verharrte eine Zeit lang in dumpfer Apathie.[1]

„Der ganze Vorgang war herzzerreißend und schaurig[2] zugleich. Die Worte fielen mir ein, die Gottlieb Bänsch gesagt hatte: er ist den Kindern sehr gut, er kann es nur nicht so von sich geben' — und ich staunte von Neuem über die Fähigkeit des Volkes, welches mit seinen schlichten Ausdrücken Dinge beim Namen trifft, die wir mit unserer geschulten und gebildeten Sprache vergeblich zu bezeichnen streben. Er konnte seine Liebe nicht von sich geben; wie ein unterirdischer Strom arbeitete sein Gefühl sich stumm und wühlend[3] in sein Inneres hinein, und wenn es einmal aus ihm hervorbrach, dann geschah es mit so rasend leidenschaftlicher Gewalt, daß es den Gegenstand, den es umfaßte, mit Vernichtung bedrohte. Der Hauptmann erhob den Kopf, reckte sich auf, und mit derselben Heftigkeit, mit der er vorhin den Knaben an sich gerissen hatte, setzte er ihn jetzt wieder auf den Boden. ‚Geh' zu Bette,' sagte er.

„‚Der Knabe stand mitten im Zimmer, als wenn er von dem Erlebten[1] nicht zu sich kommen könnte; ich erhob mich, trat zu ihm und als ich ihn berührte, fühlte ich, wie er am ganzen Leibe zitterte. ‚Schlaf' wohl, Männchen,' sagte ich, ‚nun kommst du wieder zu uns in die Schule, und ich zeige dir schöne Bilder und Bücher.' Das Kind sah mich mit weit offenen, angsterfüllten Augen sprachlos an.

„Der Hauptmann klingelte, und als der Bursche über die Schwelle trat, zuckte der Kleine auf und lief ihm entgegen. — Aber es war nicht mehr Gottlieb Bänsch, und der Blick, mit dem das Kind zu dem fremden Gesicht empor sah — ich werde ihn nie vergessen, denn er war jammervoll[2] kläglich in seiner hilflosen Not.

„Als er hinausgegangen war, wandte ich mich an den Hauptmann. ‚Ich glaube,' sagte ich, ‚daß das Kind noch angegriffen[3] von der überstandenen Krankheit ist, und daß es sich empfehlen würde,' ihm heftige Gemütsbewegungen zu ersparen.'

„Der Hauptmann hielt den Blick zur Erde gesenkt, dann sprang er auf, indem er den Stuhl mit einem Ruck zurückstieß. Mit weit ausholenden[5] Schritten durchmaß er das Zimmer von einem zum anderen Ende, hin und her und immer wieder hin und her, dann blieb er stehen, ich sah in seine rollenden Augen, und wie an jenem Tage, da man die Kinder begrub, sah ich nur das Weiße darin.

„Er schwang die geballten Fäuste zum Himmel. ‚Wenn er einmal¹ ein Henker sein will,' sagte er mit einer vor Wut und Verzweiflung ächzenden Stimme, ‚warum treibt er sein Handwerk dann so stümperhaft? Warum mußte er mir den Einen lassen? Warum nicht alle nehmen? Alle miteinander? Es wäre mir lieber gewesen! ja, wahrhaftig, ja! dann wäre es aus gewesen und ich hätte mich totschießen und mit meinen Jungen zusammen einscharren² lassen können!'

„Ich vermochte kein Wort zu erwidern, auch schien er es nicht zu erwarten. Er warf sich wieder auf den Stuhl vor dem Schreibtische, ergriff ein Bild, welches dort vor ihm auf dem Tische in braunem Rahmen stand, und hielt es mit beiden Händen vor sich hin. Es war ein Knabenporträt, das Bild des kleinen Edmund. Mit stieren Blicken hing er an den Zügen des geliebten Gesichts, dann legte er das Bild auf den Tisch, seine Arme breiteten sich darüber hin, sein Antlitz sank in die Arme, so daß der Mund über dem Bilde zu liegen kam, und indem ich sah, wie ein furchtbares Schluchzen seinen ganzen Körper durchschütterte, erschien er mir wie ein Baum, den die Axt ins Mark getroffen hat, und dessen Zittern den nahenden Sturz verkündet.

„Geraume Zeit verging, endlich gab ich ein Lebenszeichen. Er fuhr³ empor und sah sich um. ‚Entschuldigen Sie,' sagte er, indem er aufstand.

„‚Hier ist nichts zu entschuldigen,' erwiderte ich, ‚aber

wenn ich sie um eins bitten darf: vergessen Sie nicht, daß das unglückliche Kind niemanden auf der Welt mehr besitzt als Sie.'

„Das ist es ja¹ eben —' versetzte er dumpf; ‚hier ist es aus'² — und er schlug sich an das Herz —,und wer nichts mehr hat, kann auch nichts mehr geben.'

„Seufzend schüttelte ich das Haupt — hier war nichts mehr zu sagen. Ich verließ ihn, und als ich aus dem Hause trat, hatte ich ein Gefühl, als stünde hinter mir in dem dunklen Flur der Tod und schlüge die Pforte des Hauses wie den Deckel eines Totenschreines³ zu. —

„Der Winter kam, und bald nach Beginn desselben erschien Männchen zum ersten Male wieder in der Schule. Ich ließ ihn wieder in seine frühere Klasse eintreten, ich setzte ihn auf die Bank, auf der er gesessen — der Platz war derselbe, aber der Knabe, der darauf saß, war es nicht mehr.

„Schwer war ihm das Lernen auch früher schon geworden, aber er war fröhlich und fleißig gewesen, vielleicht hatte ihm auch das ältere Brüderchen geholfen, und so war er mit seinen Aufgaben fertig geworden — jetzt war das anders; niemand war mehr da, ihm zu helfen und auf ihm selber lag es wie ein allgemeiner Druck, der seine Fähigkeiten und Kräfte lähmte.

„Ich hatte den Lehrern äußerste Schonung ihm gegenüber empfohlen⁴ und ich weiß gewiß, daß er kein böses Wort in der ganzen Zeit zu hören bekommen hat — wer hätte es auch übers Herz gebracht gegenüber dem blassen Kinde, dem man ansah, wie gern es wollte und wie schwer es vermochte. Aber man kann eine Blume wohl vor Frost und Hitze, vor allem äußeren Ungemach schützen, nicht aber vor der Krankheit, die von der Wurzel aufgesogen ward und unsichtbar von Zelle zu Zelle emporsteigt, bis daß sie den Organismus zerstört. Das Leid, vor dem wir ihn zu schützen strebten, wuchs aus ihm selbst heraus, aus der ihm angeborenen verschlossenen[1] Natur, die er von seinem Vater geerbt hatte, wie er die blonden Haare und lichten Augen der Mutter verdankte.

„Dies alles ist mir erst später klar geworden, als die Dinge sich bis zum Ende entwickelt hatten und wie ein zusammenhängendes Bild vor mir lagen, als ich zurückblickend, mit Schrecken inne ward, welche Qualen das unglückliche Kind in jener Zeit erlitten hat. Das, was ich damals bemerkte, war, daß er von Tag zu Tage scheuer ward und immer träumender in sich selbst versank."[2] An keinen seiner Mitschüler schloß er sich an, vor seinen Lehrern fürchtete er sich, der einzige Mensch, dem er noch Vertrauen zeigte, war ich. Allmählich aber nahm auch das ab. In den ersten Tagen war er, wenn er zur Schule kam, an mich herangetreten und hatte mir die Hand gereicht; das hörte auf; im Bogen ging er um mich herum und schlich sich in das Klassenzimmer, ich sollte ihn nicht mehr sehen.

„Des Nachmittags, wenn ich meinen gewohnten Gang

machte, sah ich manchmal eine kleine Gestalt, die auf der
schneebedeckten Wiese drunten einsam umherlief und Schnee=
haufen zusammenschaufelte — das war er, der sich wie ein
kleiner Wildling dort umhertrieb.[1] Einmal, den Damm entlang schreitend, gewahrte ich ihn, wie er sich hinter einem
Baume versteckt hielt und mich von fern beobachtete. Ich
rief ihn an, er trat aus seinem Versteck hervor; es sah
aus, als wollte er auf mich zukommen, dann drehte er plötz=
lich um und wie von unsäglicher Angst gejagt huschte er
vom Damme hinunter fort, weit fort von mir.

„So ging der Winter hin, und es kam Ostern, die Zeit,
der so manches Schülerherz sorgend entgegenschlägt, weil sie
die Entscheidung über Versetzung[2] und Nichtversetzung bringt.
Den Knaben zu versetzen, war nicht möglich, und ob es mir
gleich ein Gefühl bereitete, als geschähe mir selbst ein tiefes
Leid, mußte ich mich entschließen, ihn sitzen[3] zu lassen. Ich
kam selbst in die Klasse und teilte es ihm und seinen
Mitschülern so schonend als möglich mit, indem ich alle
Schuld auf seine Krankheit schob und ihm für die Zukunft
Trost und Hoffnung zusprach. Der Knabe saß regungs-
los auf seinem Platze und sah nicht empor zu mir.

„Nachher, als die Schüler das Thor verließen, sah ich
ihn, der gesenkten Hauptes unter den andern davonschlich.
Ich hielt ihn an und heischte,[4] daß er mir die Hand geben
sollte; er that es, ohne den Kopf zu erheben. ‚Sieh mich
doch einmal[5] an,‘ sagte ich; er that es, und ich blickte in
ein Gesicht voll hoffnungsloser Traurigkeit. Es war mehr

als Trauer, es war jener herzzerreißende Ausdruck, den man in den Augen kranker Kinder wahrnimmt, die plötzlich wie Erwachsene aussehen, als ahnten sie, daß sie dicht vor der Lösung des Rätsels von Sein und Nichtsein ständen und bald weit mehr wissen würden als alle die Erwachsenen, von denen sie bisher gelernt.

„Bist du krank, Männchen?" fragte ich, — er schüttelte schweigend den Kopf.

„Weißt du, daß ich dir gut bin?" fragte ich. Er nickte langsam mit dem Kopfe, aber es sah nicht aus wie ‚ja,' sondern als wollte er sagen: ‚laß nur gut sein — ich weiß schon, wie es steht.'

„Zum Sprechen war er nicht zu bringen.

„Am Morgen eben jenes Tages hatte der Frühling Macht bekommen über den Winter. Das Eis war auf dem Strome gebrochen, und die Fluten des Wassers kamen, von Stunde zu Stunde wachsend, ihren tobenden Gang daher. Ein heulender Wind, der um die Mittagsstunde aufgesprungen war, begleitete das Wellen-Gebrause, so daß es war, als hätten die beiden Naturdämonen sich verschworen, den geängsteten Menschen einen schreckensvollen Tag zu bereiten. Und in der That entsinne ich mich nicht, vorher oder später einen gleichen erlebt zu haben. Es wurde kaum hell; die Sonne schien erstickt von den schwarzgrauen Wolken, die aus der Südwestecke des Himmels wie aus einem unerschöpflichen Born[1] hervorquollen und in sinnloser Hast, tief niederhangend über dem Flusse dahinjagten; das graue

Wasser unten, das immer gurgelnder an dem Damme
emporstieg, immer donnernder seine Schollen an die höl=
zerne Brücke warf, als müßte heute aufgeräumt[1] werden
mit dem verhaßten Eindringling in sein Gebiet, der graue
Himmel darüber — es war ein Bild der denkbar furcht=
barsten Öde.

„Dazu die wundersamen Töne, mit denen sich der Sturm,
der keinen menschlichen Laut aufkommen ließ, an tausend
Ecken und Kanten brach und mit denen er die Ohren der
Menschen täuschte und äffte. Noch heute fühle ich den
eisigen Schreck, der mich plötzlich überfiel, als ich über die
zitternde, schwankende Brücke zur Stadt zurückging und
jählings[2] stehen blieb, weil ich den schrillen Schrei einer
Kinderstimme zu hören glaubte. Ich erkannte bald, daß
ich mich getäuscht hatte, daß es nur der Wind gewesen war,
der in dem Tauwerk[3] der Schiffe rüttelte, die am Fuße der
Brücke lagen, und der von den straffen Tauen[4] wie von
pfeifenden Sägen durchschnitten ward — aber noch einmal
wiederholte es sich, noch einmal bannte mich der Schreck an
die Stelle, über die ich ging, denn wieder glaubte ich einen
fernen, klagenden Schrei gehört zu haben. Es war auch
diesmal eine Täuschung — hoch über mir gewahrte ich eine
Krähe, die vergebens dem Winde entgegen zu streben suchte
und die endlich, wie ein Fetzen schwarzen Papiers herum=
gewirbelt[5] und zurück geschleudert ward — von ihr ging der
heiser klagende Schrei aus, den ich vernommen.

„Trotzdem verließ mich von dem Augenblick an ein

dumpfes, unheimliches Gefühl nicht mehr, eine drückende Beängstigung, deren ich nicht Herr zu werden vermochte, obschon ich mir nicht klar darüber werden konnte, was es war, wovor mir graute.

„Mit zunehmender Dunkelheit wuchs dieses Gefühl; es duldete mich nicht mehr in meinen vier Wänden, denn es lag über mir wie die Ahnung eines schweren Unglücks, das in dieser,[1] allem Menschlichen verfeindeten Nacht geboren werden müßte. Ich ging noch einmal auf die Brücke, ich wollte noch einmal hinüber auf den Damm — was ich dort suchte, ich hätte es nicht zu sagen vermocht. Man ließ mich aber nicht mehr hinüber, denn die Brücke drohte jeden Augenblick mit den Wellen abzugehen. Ich blieb eine Zeit lang bei den Männern stehen, welche die Brückenwacht hielten, und sah ihnen zu, wie sie beim düsterroten Scheine von Pechfackeln das Steigen des Wassers an den Pfeilern der Brücke untersuchten.

„„Was schwimmt denn da?‟ rief plötzlich einer der Männer, indem er mit der Fackel so tief als möglich hinableuchtete, und als ich das hörte, stürzte ich an das Geländer der Brücke und ich glaube, ich stieß einen Schrei aus.

„Es war wieder ein unnötiger Schreck gewesen, denn was da unten angerauscht kam, war nichts weiter als ein junger Birkenbaum, den der Strom irgendwo aus dem Boden gerissen und mitgenommen hatte. Seltsam freilich war es zu sehen, wie die Zweige der jungen Krone aus dem Wasser ragten, daß sie von ferne beinah' wie ausgereckte, hilfeflehende Arme erschienen. Ich schämte mich meiner Schwäche vor den Leuten, obschon sie alle wohl zu erregt gewesen waren, um weiter darauf zu achten, und ging nach Haus.

„Die Nacht verlief, ohne daß ein Unglück geschehen wäre; so rasch das Wasser gestiegen war, so schnell begann es wieder zu sinken, und als es Morgen ward, war die Gefahr vorüber. In den Vormittagsstunden aber, denn die Schule hatte ja[1] Ferien, machte[2] ich mich auf, um zu sehen, wie mein alter Damm draußen dem Hochwasser widerstanden hatte. Als ich ein Stück Weges hinausgelangt war, sah ich etwa zweihundert Schritt vor mir eine Gruppe von Menschen, die an der Kante des Dammes standen und auf etwas hinunterblickten, was sich dort am Fuße des Dammes zu befinden schien. An der Stelle war ein Gestrüpp von Erlen und Weiden. ‚Der Damm hat wohl ein Loch bekommen?' fragte ich einen Arbeiter, der mir von dort entgegenkam.

„‚Nein,' antwortete er, ‚es is ein Kind.'

„‚Ein Kind?' — aber er war schon an mir vorüber.

„Alles Blut floß mir plötzlich vom Herzen, und mir war, als ob der Damm unter meinen Füßen zu wogen begann. Ich weiß nicht mehr, ob ich rasch, ob ich langsam ging; ich weiß nur noch, daß ich unter die Leute trat, die sich dort zusammendrängten, daß ich hinunterschaute und daß ich mich, ohne ein Wort zu sagen, auf der Kante des Dammes niedersetzen mußte, weil es mir plötzlich schwarz vor den Augen ward.

„Es[1] is dem Hauptmann seines,‘ hörte ich die Leute um mich her einander zuflüstern — ja, es war des Hauptmanns Kind — sein letztes.

„Unten in dem Gestrüpp, zwischen zwei Weiden geklemmt, das Haupt eben wieder auftauchend, den übrigen Körper noch vom Wasser überströmt, lag. Männchen — und war tot.

„Wie er dorthin gekommen — ob es ein Ausgleiten gewesen, das ihn hinuntergeschleudert hat — niemand hatte es gesehen — niemand weiß es und wird es jemals erfahren. Manchmal aber in schlaflosen Nächten, da höre ich ihn wieder weinen, da sehe ich, wie sein Köpfchen mir zunickt mit dem trostlosen Ausdruck: ‚ich weiß schon, wie es steht‘ — und dann erhebt sich eine schreckliche, flüsternde Stimme in mir, die mir einreden will, daß es kein Zufall, kein Ausgleiten, daß es etwas anderes war, was ihn dort hinunterflüchten ließ, von dieser Erde hinweg, wo niemand mehr etwas von ihm wissen wollte, von dem Kinde, dessen Schuld darin bestand, daß es als Letztes übrig blieb von seinen Geschwistern.

„Als wir die von der Kälte des Wassers und des Todes verklammten[2] und erstarrten Glieder des Knaben aus dem Gestrüpp gelöst hatten und mit ihm auf den Damm hinaufgestiegen waren, sah ich durch die Gärten der Häuser, welche dort in der vom Damme geschützten Niederung lagen, einen Mann herangelaufen kommen. Es war der Hauptmann. Er war ohne Kopfbedeckung, so daß ihm der Wind das schwarze Haar durchwühlte, ohne Säbel, nur im Über-

rock, und der Rock war halb zugeknöpft. Er kam geraden-
wegs auf uns zu, quer durch die Gärten der Häuser hindurch, die zwischen dem Garten seines Hauses und dem
Damme lagen; er schwang sich über die Stakete¹ hinweg,
welche die Gärten von einander trennten, über die Beete,
über die Pflanzen ging es dahin,² und als die Gitterpforte
des letzten Gartens, die zu hoch war, um sich darüber zu
schwingen, nicht gleich sich öffnen wollte, warf er sich da-
gegen, daß sie aufbrach.

„Indem er den Damm herauf kam, vernahm ich seine
Stimme: ‚Wo? Wo? Wo?‘ rief er.

„Im nächsten Augenblick hatte er den Körper des Knaben,
den ich in meinen Armen hielt, an sich gerissen, mit wü-
tender Gewalt preßte er ihn an seine Brust, und dreimal,
viermal nach einander küßte er das todesblasse, schweigende
Gesicht. Das Haupt des Kindes lag an seinem Herzen,
das wasserschwere blonde Haar hing lang herab — vor
meiner Seele erschien das Bild, wie das Kind, da es noch
lebte, in seinen Armen gelegen und ausgesehen hatte, als
wäre es schon tot.

„Die Männer standen lautlos, zu einer scheuen Gruppe
zusammengedrängt, und brachten dem ungeheuren Men-
schenleibe, das sich vor ihren Augen entrollte, den Tribut
schweigender Ehrfurcht, dar.

„Der Hauptmann wandte keinen Blick auf uns, er schien
kaum mehr zu wissen, daß wir da waren; mit öden³ Augen
schaute er über sein Kind hinweg in den grauen Himmel,

an dem die Wolken in zerfetzten Haufen dahinzogen. Dann
riß er den Uniform-Überrock auf, schob den Körper des
Knaben so weit als möglich hinein, als sollte der tote Leib
an seinem Leibe erwarmen, und so machte er sich mit ihm
auf den Weg. Niemand wagte, ihm zu helfen, niemand,
ihm dreinzureden.¹ Wir ließen ihn gewähren und gehen;
denn wir sahen, daß wir es mit einem Verzweifelnden zu
thun hatten.·

„Ich blickte ihm nach, wie er mit seiner Last dahinschritt,
blind für die Scharen von Neugierigen, die sich unterdessen gesammelt hatten, taub für das Gemurmel und Ge-
flüster rings umher, und indem ich ihn dahinwanken sah,
kam mir der Gedanke, er sei ja nun so weit, wie er es
damals gewünscht, als er gegrollt hatte, daß er sich nicht
totschießen und mit seinen Jungen einscharren lassen könnte.

„Ich war so an Schreckliches gewöhnt, so auf Schreckliches vorbereitet, daß ich nicht gestaunt haben würde, wenn
man mir die Nachricht gebracht hätte, daß er seinen Kindern
nachgegangen wäre. Vielleicht hegten seine Vorgesetzten
ähnliche Befürchtungen, denn unmittelbar nach diesem Vorgange erhielt er ein Kommando, welches seine ganze Kraft
in Anspruch nahm und ihn auf mehrere Monate aus unserer Stadt hinwegführte. Als er von demselben zurück-
kehrte, war soeben die Mobilmachung² der Armee ausge-
sprochen, der Krieg mit Frankreich stand vor der Thür.

„Nun gab es Chassepot-Gewehre³ und Mitrailleusen,⁴
die Liebesdienste⁵ zu erweisen bereit waren, wie er sie

sich wünschte. Die Reservisten wurden eingezogen, und unter ihnen erschien ein bekanntes Gesicht, Gottlieb Bänsch. Er wurde wieder in die Batterie des schwarzen Hauptmanns eingestellt und zog mit ihr ins Feld. Wenige Wochen später war er schon wieder zurück, mit einem Gewehrschuß im Beine, den er auf den Spicherer[1] Bergen erhalten hatte und der einen dicken Strich[2] unter seine militärische Laufbahn machte. In meinem Hause wurde er, auf mein Bitten, untergebracht; ich pflegte ihn und darf es sagen, ich pflegte ihn recht.

„Auf der Verlustliste,[3] die nach dem blutigen Tage wie ein düsteres Echo des ruhmvollen Waffenklanges zu uns gelangte, stand als Erster der Gefallenen der schwarze Hauptmann. Seine Batterie war eine derjenigen gewesen, die das Unmögliche möglich gemacht, die Spicherer Berge erklommen und die siegreiche Entscheidung der Schlacht herbeigeführt hatten.

„‚Wir hatten jar nich jeglaubt, daß wir's fertig kriegen könnten,‘ erzählte mir Gottlieb Bänsch; ‚aber der Hauptmann war immer vorne weg‘ und schrie immer: ‚feste, Kinder, es jeht.‘“[5]

„‚Im Augenblick, als er das Abprotzen[6] der Geschütze befahl, hatte er drei Chassepotkugeln auf einmal in die Brust bekommen. Gottlieb Bänsch hatte ihn aus dem Feuer tragen wollen, aber er hatte gesagt: ‚Laß[7] man sein, Jottlieb, es is nich mehr nötig.‘ ‚Und so zufrieden wie in dem Augenblick,‘ meinte Gottlieb Bänsch, ‚hat er sein janzes

Leben lang nich ausgesehen. Denn¹ is er schwach jeworden,' erzählte Gottlieb Bänsch weiter, ‚und denn hat er mir an die Hand gekriegt und gesagt: ‚Jottlieb,' sagte er, ‚ick danke dir auch, daß du so jut zu² meine Jungens jewesen bist — und wenn du nach Hause kommst, denn jeh³ da 'raus, wo sie liegen, und sieh' nach⁴ die Gräber, — und denn' — Gottlieb Bänsch machte eine Pause —‚und denn war's aus.'⁵ —

„Da hinaus, an die Stätte unter dem Hollunderbusche, wo einst drei gelegen hatten und jetzt viere lagen, war denn auch sein erster Gang, als er so weit genesen, daß er an meinem Arme humpelnd⁶ den Weg unternehmen konnte. Als wir zurückkehrten, fanden wir eine Vorladung für Gottlieb Bänsch, am nächsten Vormittage auf dem Gerichte zu erscheinen. Der schwarze Hauptmann hatte ein Testament dort hinterlassen, das war eröffnet worden — Gottlieb Bänsch mußte etwas damit zu thun haben, aber wir wußten nicht, was.

„Am nächsten Tage sollten wir es erfahren. Das Testament, in welchem der schwarze Hauptmann über sein geringes Vermögen letzte Verfügung⁷ traf, enthielt diese Worte: ‚Meinem ehemaligen Burschen, dem Kanonier⁸ Gottlieb Bänsch, vermache ich zum Danke für alles, was er an meinen Kindern gethan hat, die Summe von Eintausend Thalern. Ich wünsche ihm, daß er selbst dereinst Kinder haben und daß Gott ihn segnen und ihm vergelten möge an seinen Kindern, und ich bitte ihn, zuweilen an seinen alten Hauptmann und die Kinder seines Hauptmanns zurückzudenken.' —

„Als der Soldat das hörte, legte er seine breite Hand über die Augen, und zwischen den Fingern hindurch sah ich seine Thränen herabtröpfeln.

„Es dauerte lang, bis er sich gefaßt hatte, und er stützte sich schwer auf meinen Arm, als er sich erhob. Draußen zog er sein baumwollenes Taschentuch und wischte sich die Augen. ‚Ja,‘ sagte er, ‚er[1] konnte es nich so zeigen; aber ick hab's immer jewußt[2] — es war ein juter Mann.‘"

NOTES.

NOTES

Page 1. — 1. bin ich ihm begegnet . . . freute ich mich. Note difference in tense, though each is to be rendered by the simple past. The imperfect gives a more descriptive effect.

2. Rektor, *the principal*, or *head-master* of the Vorschule = preparatory school (or "Progymnasium") to the Gymnasium.
3. Bauer is a proper name.
4. sich ansetzen, *are budding*.
5. den ich mir . . . ersehen hatte, *which I had chosen* . . . ; remember that, with a few reflexive verbs, the dative stands as reflexive (personal) object.

Page 2. — 1. Tiefebene, plain, *lowlands*.
2. entgegenwälzt, *rolls toward.* — Erddamm, *dike*.
3. unabsehbar lang, trans., *extended further than the eye could reach.*
4. auf Meilen hin, *for miles.*
5. Schutzdamm, *inner dike.*
6. Sicherheitswachmann, *guard.*
7. gefährlicher Patron, *ugly* (or *dangerous*) *customer.*
8. Sandablagerungen, *beds of sand.*
9. nämlich, this use of the word has no exact equivalent in English; trans., *the fact is.*
10. „hatte es in sich," *was treacherous* (*he*, the river, masc., had it in him to be treacherous).
11. mürrisch graues Wasser, lit., surly gray water; trans., *dark gray water.*

Page 3. — 1. quirlten zusammen, *twirled together.*
2. Urzustand, *primitive condition.*
3. schauernden Dufte, *thrilling sensation;* Duft really means, odor, fragrance, sweet scent.
4. Weidenklippe, *willow cliff.*

5. **der Racker von Fluß thut das seinige,** *the deuce of a river is doing its share.* Racker = rascal, rogue.

Page 4. — 1. **die vorspringende Böschung,** *the jutting wall.*
2. **aufgedämmt,** the original is not quite clear; trans., *cut deeply into it.*
3. **mit angesehen,** *witnessed.*
4. **beobachte ich,** observe the tense; in German the present, usually with **seit,** *since,* **schon,** *already,* etc., is regularly used, corresponding to the English perfect, to express an action or state continuing in the present.
5. **Faschinen,** *fascines.*

Page 5. — 1. **ich um einen Menschen reicher geworden,** *I had become richer by one more friend.*
2. **Nüchternheit,** *insipidity.*
3. **jenes nach innen gekehrte Lächeln,** *that quiet, unobtrusive smile.*
4. **Anfangsgründe,** *elements.*
5. **Sammet- und Dachsfell-Tornisterchen,** *little satchels* (for books), made of, or covered with velvet or badger skin.
6. **Schutzbefohlenen,** *protégés* (persons entrusted to his protection).
7. **Geradezu überraschend,** *decidedly surprising.*

Page 6. — 1. **vorläufig vertagt,** *for a while postponed.*
2. **kam es,** trans., *they came ;* **es,** being impersonal, but referring to children.
3. **das ganze Kindervolk, behoste und unbehoste,** *all the children, trousered and trouserless.*
4. **kribbelnden Schwarme kleinen Menschenvolkes,** *crawling swarm of little folks.*
5. **süß verschämt,** trans. *sweet and modest;* **süß** is really an adverb here.
6. **vornüber,** adv., *forward.*
7. **umzwitschern,** see Grammar concerning the prepositions **um, herum.**

Page 7. — 1. **hier und da gegriffen ... emporgehoben,** render the phrase by the active voice.
2. **erglühenden,** *blushing.*
3. **umhin,** adv., *not* (otherwise) *but.*
4. **von der die Mehrzahl ... pflege,** trans., *to which most people*

usually pay but little attention. — **Aufhebens ... machen** is figurative and means to make a fuss about.

5. **vor sich hin**, *to himself.*

Page 8. — 1. **Tümpel**, *pool.*
2. **entlang schlenderten**, *strolled along leisurely.*
3. **Höschen**, dim. of **Hose**.

Page 9. — 1. **ihm gut zuredete**, *encouraged (coaxed) him.*

Page 10. — 1. **tausend Possen mit ihm trieb**, *and amused him in many ways* (lit., thousand monkey shines, jests).
2. **legen und einschlafen!** The infinitive is used as an imperative in brusque commands.
3. **allzu**, *very.*
4. **wäre um ein Haar gefallen**, *came within a hair's breadth of falling.*

Page 11. — 1. **das Äußerste**, *the worst.*
2. **daher**, refers to the clause that follows as well as to that preceding. **daher** is here equivalent to **deshalb** = for that reason, from that circumstance; **daß**, trans., *because.*

Page 12. — 1. **welches hier in Garnison steht**, *that is quartered here.*
2. **versetzt**, *transferred.*
3. **dem**, here emphatic, for demonstrative pronoun.
4. **Hünengestalt**, *gigantic figure*, **Hüne** = giant.
5. **Ich ... gemacht haben**, *I must have assumed a very puzzled expression.*

Page 13. — 1. **herausbekommen**, *found out.*
2. **nachkommen lassen würde**, *would send for.*

Page 14. — 1. **'mal**, colloq. for **einmal**. Not to be translated.
2. **Futteral**, *case* (from M. Lat., FOTRALE).
3. **hätte ...**, observe the frequent occurrence of the subjunctive in this and the following sentences. This shows at once in German that we have a reported statement; as this is not so in English, one must in such cases supply "he said," or an equivalent. In English the tense of the verb in a reported statement adjusts itself to that of the principal

verb, but in German, as a rule, it remains just what it was, or would have been, in the direct form.

4. **umgehen** (mit), *to manage*.

5. **jawoll, die könnte er sehr gut leiden**, dialect for: **jawohl, die könnte er sehr gut leiden**; trans., *indeed, he is very fond of them*.

6. **Wartefrau**, *nurse*, or *governess*.

7. **er's**, colloq. for **er es**, i.e. having a man instead of a woman to care for the children.

Page 15. — 1. **jetzt erst**, *not until now*.

2. **man hätte es ganz gut bei ihm**, *he has an easy time under him*.

3. **mit Spannung**, *with intense interest*.

Page 16. — 1. **Bock**, *front seat* (of a coach or carriage).

2. **Schlag des Wagens**, more commonly called, **Wagenschlag**, *coach door*.

3. **sich ... herausgestellt haben würde**, *would have proved (turned out) to be*.

4. **und sie ... bis**, *and did not let them pass, until ...*

Page 17. — 1. **Die reine Mutter — jar nischt vom Vater, aber auch rein jar nischt**, trans., *the very image of their mother, no trace of the father, not a bit.* **jar nischt** is dialect for: **gar nichts**.

2. **sich vor Erstaunen nicht zu lassen wußte**, *could not gather her senses*.

3. ,**nu links lang'**, dialect for: **nun, links entlang** (i.e. **nach links**).

4. ,**so — nu grade aus'**, dialect for: **so — nun gerade aus**.

Page 18. — 1. **indem er mir groß ins Gesicht sah**, *looking at me with big eyes*.

2. **Eedmund**, the double e indicates the long pronunciation of the vowel.

3. **allerliebsten**, *most charming*, lit., dearest of all. This superlative is sometimes strengthened by the prefix **aller**, of all. The compound **allerliebst** is the only superlative that can stand in the predicate without inflection (as: **das ist allerliebst**, *that is most charming*.)

Page 19. — 1. **nicht wahr?** *will we not*, lit., is it not true?

2. **jieb**, dialect for: **gieb**.

3. **wollte nicht recht fruchten**, *was of little use* (would not produce good effect).

Page 20. — 1. ‚Und du also‘, *well, and you;* also requires a good deal of attention. It is never to be translated by "also." It means that the accompanying statement is a matter of familiar knowledge. Usually it is best rendered by "well," "they say," etc.

2. emporflattern sahen, *saw fluttering.*

3. ‚na nu sagt abjee und danke och scheen‘, dialect for: na (colloquial = *well!*), nun sagt abjeu (*adieu*) und danke auch schön.

Page 21. — 1. machte es ihm nach, *imitated him,* see infinitive nachmachen.

2. Kehrt machen, a military expression, "to wheel"; here, *turned about.*

3. irgend eines, *some . . . or other.*

4. acht Tage, *a week;* not eight days.

Page 22. — 1. indem sie . . . halfen, *by helping.*

2. beim Steigenlassen von Papierdrachen, *in flying kites.*

3. Kalmusblätter, *leaves of the flag-rush* (sword grass); Latin botanical name: *Acorus calamus.*

4. Flitzbogen, *boy's crossbow.*

5. Wehrgehänge, *sword belt.*

6. nichts Possierlicheres, *nothing more comical.*

7. sich aus ihnen nichts machte, *did not care for them.*

Page 23. — 1. sauber gearbeitete Kittelchen, *neatly made jackets.*

2. ‚den Kindern . . . jeben‘, trans., *likes his children very much, but he cannot show it.* jut = gut, nich = nicht, jeben = geben. The impersonal man is entirely superfluous after es and here nothing but a dialect peculiarity, frequently employed by uneducated North Germans.

Page 24. — 1. Lies mir das einmal, *just read this to me.*

2. schnurrte herunter, *rattled off.*

3. angestellt, *arranged for.*

4. an dem Anfluge stolzen Lächelns, *from the suggestion of a proud smile.*

Page 25. — 1. abgeben, *make* (represent).

Page 26. — 1. pendelten, *trotted,* cf. Lat. PENDULUM.

2. Kanonenstiefelchen, *little topboots.*

3. Borsdorfer Äpfel, the name of a certain apple.

4. löſte ... ab, *was followed* (in that case make Winter the subject) or: *succeeded* (make Frühling the subject). See Grammar, under Passive Voice. Observe that when the verb is made passive the accusative object becomes subject.

Page 27. — 1. Liebkoſung, *caressing.*

Page 28. — 1. mit, connect with getreten and trans., *also,* or *likewise, too.*
2. janz, dialect for ganz (= *very*).
3. hieß es einfach, *it was simply said.*

Page 29. — 1. ſollen, *are expected to.*
2. ſchlenkerte ihn hin und her, *waved it to and fro.*
3. brandgerötet, *feverish.*

Page 30. — 1. verhangenen Fenſtern, *darkened windows* (covered).
2. Sinnestäuſchung, *delusion.*

Page 31. — 1. Phantaſterei, *nonsense.*
2. Kellerwohnung, *basement lodgings.*
3. 'rauf, for herauf.
4. Leidtragender, *mourners.*

Page 32. — 1. ſchweigenden Vorausſetzung, *quiet assumption.*
2. ſeinen bereits erfolgten oder doch nahe bevorſtehenden Tod würde, *that his death had already occurred or at least was constantly expected.*

Page 33. — 1. dir, dialect for dich; the reflexive ſich fürchten must have the accusative object. — 2. nich, is, jut, dialect for nicht, iſt, gut.
3. jeſund, dialect for geſund.

Page 34. — 1. meine Zeit is nu nächſtens um (like most young Germans he was obliged to serve several years in the army); *my time will soon be up.* — is nu, dialect for iſt nun.
2. ick jehe, dialect for ich gehe.
3. jar nich, dialect for gar nicht.
4. denn, for dann.
5. mal, see page 24, note 1.
6. ſchippe ein bisken Sand, *play* (lit., shovel) *a little in the sand.* bisken = bißchen.

7. **jleich,** dialect for **gleich** (= at once).
8. **janzen = ganzen. — jeht = geht. — 'rum,** for **herum.**

Page 35. — 1. **Jott,** for **Gott. — ick jlobe,** ich glaube.
2. **man,** omit **man** in translating; see page 23, note 2.
3. **Staatsjunge,** *tiptop fellow.*
4. **aber was kann das arme Wurm dafür,** *but the poor little fellow is certainly not responsible.* **das arme Wurm,** for **der arme Wurm,** adds an element of affection to the designation. — **alleene,** dialect for **allein.**
5. **Seitengewehr,** *sword.*

Page 36. — 1. **verpönt,** *sneered at.*
2. **Knüppel,** *stick.*
3. **seine geringen Habseligkeiten,** *his few belongings* (goods and chattels). — **rotbaumwollenen,** *red cotton.*
4. **Ob . . . ?,** is here elliptical for: **es soll mich wundern, ob . . . ,** *I wonder if;* or the force of **ob** may be indicated by intonation of the voice in the question: *did he know?*

Page 37. — 1. **Danke ooch schön,** see page 20, note 3. „**Ich**" is understood.

Page 38. — 1. **partout** is French and really means "everywhere"; the word is frequently used in German with no particular meaning. It merely conveys an emphatic idea. Here the translation is, *he was very anxious to go along.*
2. **Coupé,** French, *compartment* (of a railway carriage).
3. **Kiek' mal den kleenen,** dialect for **sieh einmal den kleinen.**
4. **der will och mit,** supply **gehen** or **fahren. och = auch.**
5. **Es jeht ja nich, Männeken,** dialect for **es geht ja nicht, Männchen**; trans., *It won't do, dear little fellow.*

Page 39. — 1. **Eisenbahnperron,** *platform* (of a depot).
2. **schnürte mir das Herz zu,** *wrung my heart.*
3. **na,** see page 20, note 3.
4. **unheimliches,** *uncanny.*

Page 40. — 1. **Düte (Tüte),** *paper bag.*
2. **Bonbons** (French), *candies.*
3. **ließ ihm . . . vorsetzen,** *had . . . brought him.*
4. **nippte,** connect with **aus.**

Page 41. — 1. Klinke, *door handle.*
2. wie in sich zusammengesunken, *as if in despair.*

Page 42. — 1. ihm Trost zuzusprechen, *to offer him consolation.*
2. von Thränen überflutetes, *streaming with tears.*
3. Schlucken, to swallow; trans., *choking.*
4. verhallen, *to die away.*
5. all' for aller.

Page 43. — 1. in die aufgestützte Hand gesenkt, *resting on his hand.*

Page 44. — 1. doch is often used to strengthen expressions of desire, command, etc. Here it may just as well remain untranslated.
2. verzog er das Gesicht, *he made a wry face.*
3. fuhr zusammen, *was frightened, startled.*

Page 45. — 1. in dumpfer Apathie, *in brooding apathy.*
2. schaurig, *thrilling.*
3. wühlend, *burrowing.*

Page 46. — 1. als wenn ... könnte, *as if he could not recover from what had just happened to him.*
2. jammervoll, has superlative force; trans., *extremely.*
3. noch angegriffen, *still weak* (after the attack of sickness).
4. es sich empfehlen würde, it would recommend itself, i.e. *it would be better.*
5. weit ausholenden, *long* (lit., far reaching).

Page 47. — 1. einmal, here may be translated by *really*, or remain untranslated.
2. einscharren, *bury*, a synonym of begraben, but much coarser, usually said of animals.
3. Er fuhr empor, *he started up.*

Page 48. — 1. Das ist es ja eben, *that is just what worries me, or this is the very thing that troubles me;* eben has often the force of "even," "in sooth," etc., but the frequent occurrence of adverbs makes a sentence sound ponderous in English, while the German particles have no such effect.

2. **hier ist es aus,** *here I am at an end* (or: all is gone).
3. **Totenschreines,** *coffin.*
4. **Ich hatte... empfohlen,** *I had asked the teachers to use the utmost care with him.*

Page 49.—1. **verschlossenen,** *reserved.*
2. **immer träumender in sich selbst versank,** *became more and more dreamy.*

Page 50.—1. **der sich... umhertrieb,** *who romped like a little savage.*
2. **über Versetzung und Nichtversetzung,** *between promotion and failure.*
3. **ihn sitzen zu lassen,** *let him fail.*
4. **heischte,** *asked.*
5. **sieh mich doch einmal an,** trans., *just look at me, please.*

Page 51.—1. **Born,** poetical for **Brunnen,** *spring, well, fountain.*

Page 52.—1. **als müßte aufgeräumt werden mit,** *as if they were bound to do away with.*
2. **jählings,** *suddenly.*
3. **Tauwerk,** *rigging.*
4. **Tau,** neut„ *rope;* masc., *dew.*
5. **herumgewirbelt,** *whirled.*

Page 53.—1. **dieser,** connect with „**Nacht**" and render the sentence by forming a relative clause; **in dieser Nacht, die allem Menschlichen verfeindet war.**
2. **düsterrot,** *darkened.*

Page 54.—1. **ja,** *as you must know* (or, remember).
2. **machte ich mich auf,** *I started out.*

Page 55.—1. **Es ist dem Hauptmann seines,** colloq. for **es ist des Hauptmanns (Kind).** The dative has the force of the genitive. This use is frequent in the colloquial style of the uneducated people. From a grammatical point of view this dative construction is of course wrong.
2. **verklammt,** *benumbed.*

Page 56. — 1. **Stakete,** *fence.*
2. **ging es dahin,** note the impersonal expression **es,** referring to him, to his haste and movements. Trans., *he flew, rushed.*
3. **mit öden Augen,** *with a forlorn look.*

Page 57. — 1. **dreinzureden,** *to interfere.*
2. **als er gegrollt hatte, daß . . . ,** *when he was angry, because . . .*
3. **Mobilmachung,** military term, *mobilization.*
4. **Chassepot-Gewehr,** pronounce *shas'pō;* a French breech-loading rifled needle gun, now superseded. Chassepot was the inventor.
5. **Mitrailleusen,** plural from French *mitrailleuse,* pronounce, *mī'-tra'yuz,* a breech-loading machine gun for firing *mitraille* or small missiles; especially one of the type introduced into France about 1868 and used in the Franco-German war of 1870–71.
6. **Liebesdienst,** *friendly service.*

Page 58. — 1. **Spicherer Berge,** *hills of Spichern* near Saarbrükken, a town in Rhenish Prussia, on the left bank of the Saar. It was the theater of the opening of the Franco-German war of 1870–71. On August 6, a violent encounter took place in the vicinity of the city, the German army attacking the French position on the hills of Spichern to the southwest of the town. The French were defeated.
2. **der einen dicken Strich . . . machte,** *which terminated his military career.*
3. **Berlustliste,** *list of casualties* (after battles).
4. **vorne weg,** provincial, *in front.*
5. **feste, Kinder, es jeht,** lit., be firm, children, it'll go; trans., *courage, boys, we'll win.*
6. **Abprotzen der Geschütze,** *the discharge of the ordnances* (guns).
7. **Laß man sein, Jottlieb,** dialect for: **laß es sein, Gottlieb.** See page 23, note 2.

Page 59. — 1. **Denn,** see page 34, note 4.
2. **zu,** preposition taking the dative; in Low German dialects no attention is paid to the proper cases. Dialects often employ prepositions with the accusative where High German requires the dative.
3. **jeh' da 'raus,** dialect for: **gehe da heraus** (= **dahin**).
4. **nach,** say „nach den Gräbern," see page 59, note 2.

5. **aus,** here, *over.*
6. **humpelnd,** *limping* (supporting himself on my arm).
7. **letzte Verfügung traf,** *had made final arrangements.*
8. **Kanonier,** *gunner* (cannoneer).

Page 60. — 1. **er konnte es nich so zeigen,** trans., *he could not display it very well* (i.e. his love for the children).
2. **jewußt,** for **gewußt.**

ADVERTISEMENTS

Heath's Modern Language Series.

Introduction prices are quoted unless otherwise stated.

GERMAN GRAMMARS AND READERS.

Joynes-Meissner German Grammar. A *working* Grammar, sufficiently elementary for the beginner, and sufficiently complete for the advanced student. Half leather. $1.12.

Alternative Exercises. Can be used, for the sake of change, instead of those in the *Joynes-Meissner* itself. 54 pages. 15 cts.

Joynes's Shorter German Grammar. Part I. of the above. Half leather. 80 cts.

Harris's German Lessons. Elementary Grammar and Exercises for a short course, or as introductory to advanced grammar. Cloth. 60 cts.

Sheldon's Short German Grammar. For those who want to begin reading as soon as possible and have had training in some other languages. Cloth. 60 cts.

Babbitt's German at Sight. A syllabus of elementary grammar, with suggestions and practice work for reading at sight. Paper. 10 cts.

Faulhaber's One Year Course in German. A brief synopsis of elementary grammar, with exercises for translation. Cloth. 60 cts.

Meissner's German Conversation. Not a *phrase* book nor a *method* book, but a scheme of rational conversation. Cloth. 75 cts.

Harris's German Composition. Elementary, progressive, and varied selections, with full notes and vocabulary. Cloth. 50 cts.

Hatfield's Materials for German Composition. Based on *Immensee* and on *Höher als die Kirche*. Paper. 33 pages. Each 12 cts.

Stüven's Praktische Anfangsgründe. A conversational beginning book with vocabulary and grammatical appendix. Cloth. 203 pages. 70 cts.

Guerber's Märchen und Erzählungen, I. With vocabulary and questions in German on the text. Especially adapted to young beginners. Cloth. 162 pages. 60 cts.

Guerber's Märchen und Erzählungen, II. With vocabulary. Follows the above or serves as independent reader. Cloth. 202 pages. 65 cts.

Joynes's German Reader. Begins very easy, is progressive both in text and notes, contains complete selections in prose and verse, and has a complete vocabulary, with appendixes, also English Exercises based on the text. Half leather. 90 cts.

Deutsch's Colloquial German Reader. Anecdotes as a basis for colloquial work, followed by tables of phrases and idioms, and a select reader of prose and verse, with notes and vocabulary. Cloth. 90 cts.

Boisen's German Prose Reader. Easy, correct, and interesting selections of graded prose, with copious notes, and an Index to the notes which serves as a vocabulary. Cloth. 90 cts.

Grimm's Märchen and Schiller's Der Taucher (Van der Smissen). Bound in one volume. Notes and vocabulary. The Märchen in Roman type; Der Taucher in German type. 65 cts.

Andersen's Märchen (Super). Easy German, free from antiquated and dialectical expressions. With notes and vocabulary. Cloth. 70 cts.

Heath's German-English and English-German Dictionary. Fully adequate for the ordinary wants of the student. Cloth. Retail price, $1.50.

Heath's Modern Language Series.

Introduction prices are quoted unless otherwise stated.

EASY GERMAN TEXTS.

Grimm's Märchen and **Schiller's Der Taucher** (Van der Smissen). Bound in one volume. Notes and vocabulary. The Märchen in Roman Type; Der Taucher in German type. 65 cts.

Andersen's Märchen (Super). Easy German, free from antiquated and dialectical expressions. With notes and vocabulary. Cloth. 70 cts.

Leander's Träumereien. Fairy tales with notes and vocabulary by Professor Van der Smissen, of the University of Toronto. Boards. 180 pages. 40 cts.

Volkmann's Kleine Geschichten. Four very easy tales, with notes and vocabulary by Dr. Wilhelm Bernhardt, Washington, D. C. Boards. 99 pages. 30 cts.

Storm's Immensee. With notes and vocabulary by Dr. Wilhelm Bernhardt, Washington, D. C. 120 pages. Cloth, 50 cts., boards, 30 cts.

Andersen's Bilderbuch ohne Bilder. With notes and vocabulary by Dr Wilhelm Bernhardt, Washington, D. C. Boards. 130 pages. 30 cts.

Heyse's L'Arrabbiata. With notes and vocabulary by Dr. Wilhelm Bernhardt, Washington, D. C. Boards. 80 pages. 25 cts.

Gerstäcker's Germelshausen. With notes by Professor Osthaus, Indiana University, and with vocabulary. Boards. 83 pages. 25 cts.

Von Hillern's Höher als die Kirche. With notes by S. W. Clary, and with a vocabulary. Boards. 106 pages. 25 cts.

Baumbach's Die Nonna. With notes and vocabulary by Dr. Wilhelm Bernhardt, Washington, D. C. Boards. 108 pages. 30 cts.

Hauff's Der Zwerg Nase. With introduction by C. H. Grandgent, Director of Modern Language Instruction, Boston Public Schools. No notes. Paper. 44 pages 15 cts.

Hauff's Das kalte Herz. With notes and vocabulary by Professor Van der Smissen of the University of Toronto. Boards. 192 pages. (In Roman type.) 40 cts.

Ali Baba and the Forty Thieves. With introduction by C. H. Grandgent, Director of Modern Language Instruction, Boston Public Schools. No notes. Paper. 53 pages. 20 cts.

Schiller's Der Taucher. With notes and vocabulary by Professor Van der Smissen of the University of Toronto. Paper. 24 pages. 12 cts.

Schiller's Der Neffe als Onkel. With notes and vocabulary by Professor H. S. Beresford-Webb of Wellington College, England. Paper. 128 pages. 30 cts.

Spyri's Moni der Geissbub. With vocabulary by H. A. Guerber. Boards: *f* pages. 25 cts.

Zachokke's Der zerbrochene Krug. With notes, vocabulary and English exercises by Professor E. S. Joynes. Boards. 88 pages. 25 cts.

Baumbach's Nicotiana *und andere Erzählungen*. Five easy stories with notes an' vocabulary by Dr. Wilhelm Bernhardt. Boards. 115 pages. 30 cts.

Complete Catalogue of Modern Language texts sent on request.

Heath's Modern Language Series.

Introduction prices are quoted unless otherwise stated.

INTERMEDIATE GERMAN TEXTS.

(Partial List.)

Riehl's Culturgeschichtliche Novellen. See two following texts.

Riehl's Der Fluch der Schönheit. With notes by Professor Thomas, Columbia University. Boards. 84 pages. 25 cts.

Riehl's Das Spielmannskind; Der Stumme Ratsherr. Two artistic and entertaining tales, with notes by A. F. Eaton, Oberlin College. Boards. 93 pages. 25 cts.

François's Phosphorus Hollunder. With notes by Oscar Faulhaber. Paper. 77 pages. 20 cts.

Onkel und Nichte. An original story by Oscar Faulhaber. No notes. Paper. 64 pages. 20 cts.

Ebner-Eschenbach's Die Freiherren von Gemperlein and *Krambambuli*. With introduction and notes by Professor A. R. Hohlfeld, Vanderbilt University. Boards. 000 pages. 30 cts.

Freytag's Die Journalisten. With commentary by Professor Toy of the University of North Carolina. 168 pages. Boards, 30 cts.

Schiller's Jungfrau von Orleans. With introduction and notes by Professor Wells of the University of the South. Cloth. Illustrated. 248 pages. 60 cts.

Schiller's Maria Stuart. With introduction and notes by Professor Rhoades, University of Illinois. Cloth. Illustrated. 254 pages. 60 cts.

Schiller's Wilhelm Tell. With introduction and notes by Professor Deering of Western Reserve University. Cloth. Illustrated. 280 pages. 50 cts.

Baumbach's Der Schwiegersohn. With notes by Dr. Wilhelm Bernhardt. Boards. 130 pages. 30 cts.

Plautus und Terenz; Die Sonntagsjäger. Two comedies by Benedix, and edited by Professor B. W. Wells of the University of the South. Boards. 116 pages. 25 cts.

Moser's Köpnickerstrasse 120. A comedy with introduction and notes by Professor B. W. Wells. Boards. 169 pages. 30 cts.

Moser's Der Bibliothekar. Comedy with introduction and notes by Professor B. W. Wells. Boards. 144 pages. 30 cts.

Drei kleine Lustspiele. *Günstige Vorzeichen, Der Prozess, Einer muss heiraten.* Edited with notes by Professor B. W. Wells. Boards. 126 pages. 30 cts.

Helbig's Komödie auf der Hochschule. With introduction and notes by Professor B. W. Wells. Boards. 145 pages. 30 cts.

Complete catalogue of Modern Language texts sent on request.

D. C. HEATH & CO., PUBLISHERS,

Boston,   New York,   Chicago,   London.

Heath's Modern Language Series.

Introduction prices are quoted unless otherwise stated.

INTERMEDIATE GERMAN TEXTS.

(Partial List.)

Schiller's Der Geisterseher. Part I. With notes and vocabulary by Professor Joynes of South Carolina College. Paper. 124 pages. 30 cts.

Selections for Sight Translation. Fifty fifteen-line extracts compiled by Mme G. F. Mondan, High School, Bridgeport, Conn. Paper. 48 pages. 15 cts.

Benedix's Die Hochzeitsreise. With notes by Natalie Schlefferdecker, of Abbott Academy. Boards. 68 pages. 25 cts.

Arnold's Fritz auf Ferien. With notes by A. W. Spanhoofd, Director of German in the High Schools of Washington, D. C. Boards. 59 pages. 20 cts.

Aus Herz und Welt. Two stories, with notes by Dr. Wilhelm Bernhardt. Boards. 100 pages. 25 cts.

Novelletten-Bibliothek, Vol. I. Six short and interesting modern stories. Selected and edited with full notes by Dr Wilhelm Bernhardt, Washington, D. C. Cloth. 182 pages. 60 cts.

Novelletten-Bibliothek, Vol. II. Six stories selected and edited as above. Cloth. 152 pages. 60 cts.

Unter dem Christbaum. Five Christmas Stories by Helene Stökl, with notes by Dr Wilhelm Bernhardt, Washington, D. C. Cloth. 171 pages. 60 cts.

Hoffmann's Historische Erzählungen. Four important periods of German History. With notes by Professor Beresford-Webb of Wellington College, England. Boards. 110 pages. 25 cts.

Wildenbruch's Das edle Blut. Edited with notes by Professor F. G. G. Schmidt, University of Oregon. Boards. 00 pages. 00 cts.

Stifter's Das Haidedorf. A little prose idyl, with notes by Professor Heller of Washington University, St. Louis. Paper. 54 pages. 20 cts.

Chamisso's Peter Schlemihl. With notes by Professor Primer of the University of Texas. Boards. 100 pages. 25 cts.

Eichendorff's Aus dem Leben eines Taugenichts. With notes by Professor Osthaus of Indiana University. Boards. 183 pages. 35 cts.

Heine's Die Harzreise. With notes by Professor van Daell of the Mass. Inst. of Technology. Boards. 102 pages. 25 cts.

Jensen's Die braune Erica. With notes by Professor Joynes of South Carolina College. Boards. 106 pages. 25 cts.

Complete Catalogue of Modern Language texts sent on request.

D. C. HEATH & CO., PUBLISHERS,

Boston,   New York,   Chicago,   London.

Heath's Modern Language Series.

Introduction prices are quoted unless otherwise stated.

FRENCH GRAMMARS AND READERS.

Edgren's Compendious French Grammar. A *working* grammar for high school or college; adapted to the needs of the beginner and the advanced scholar. Half leather, $1.12.

Edgren's French Grammar, Part I. For those who wish to learn quickly to *read* French. 35 cts.

Supplementary Exercises to Edgren's French Grammar (Locard). French-English and English-French exercises to accompany each lesson. 12 cts.

Grandgent's Short French Grammar. Brief and easy, yet complete enough for all elementary work, and abreast of the best scholarship and practical experience of to-day. 60 cts. With LESSONS AND EXERCISES, 75 cts.

Grandgent's French Lessons and Exercises. Necessarily used with the SHORT FRENCH GRAMMAR. *First Year's Course for High Schools, No. 1; First Year's Course for Colleges, No. 1.* Limp cloth. Introduction price, each 15 cts.

Grandgent's French Lessons and Exercises. *First Year's Course for Grammar Schools.* Limp cloth. 59 pages. 25 cents. *Second Year's Course for Grammar Schools.* Limp cloth. 72 pages. 30 cts.

Grandgent's Materials for French Composition. Five graded pamphlets based on *La Pipe de Jean Bart, La dernière classe, Le Siège de Berlin, Peppino, L'Abbé Constantin,* respectively. Each, 12 cts.

Grandgent's French Composition. Elementary, progressive and varied selections, with full notes and vocabulary. Cloth. 150 pages. 50 cts.

Kimball's Materials for French Composition. Based on *Colomba,* for second year's work; based on *La Belle-Nivernaise* for third year's work. Each, 12 cts.

Storr's Hints on French Syntax. With exercises. Interleaved. Flexible cloth. 30 cts.

Houghton's French by Reading. Begins with interlinear, and gives in the course of the book the whole of elementary grammar, with reading matter, notes, and vocabulary. Half leather. $1.12.

Hotchkiss's Le Premier Livre de Français. A purely conversational introduction to French, for young pupils. Boards. Illustrated. 79 pages. 35 cts.

Fontaine's Livre de Lecture et de Conversation. Entirely in French. Combines Reading, Conversation, and Grammar. Cloth. 90 cts.

Fontaine's Lectures Courantes. Can follow the above. Contains Reading, Conversation, and English Exercises based on the text. Cloth. $1.00.

Lyon and Larpent's Primary French Translation Book. An easy beginning reader, with very full notes, vocabulary, and English exercises based on the latter part of the text. Cloth. 60 cts.

Super's Preparatory French Reader. Complete and graded selections of interesting French, with notes and vocabulary. Half leather. 70 cts.

French Fairy Tales (Joynes). With notes, vocabulary, and English exercises based on the text. Boards, 35 cts.

Davies's Elementary Scientific French Reader. For beginners and confined to Scientific French. With notes and vocabulary. Boards. 136 pages. 40 cts.

Heath's French-English and English-French Dictionary. Recommended at all the colleges as fully adequate for the ordinary wants of students. Cloth. Retail price, $1.50.

Complete Catalogue of Modern Language texts sent on request.

Heath's Modern Language Series.

EASY FRENCH TEXTS.

Labiche and Martin's La Poudre aux Yeux. Comedy with notes by Professor B. W. Wells, University of the South. Boards. 92 pages. 25 cts.

Jules Verne's L'Expédition de la Jeune-Hardie. With notes, vocabulary, and appendixes by W. S. Lyon. Boards. 95 pages. 25 cts.

Gervais's Un Cas de Conscience. With notes, vocabulary, and appendixes by R. P. Horsley. Boards. 86 pages. 25 cts.

Génin's Le Petit Tailleur Bouton. With notes, vocabulary, and appendixes by W. S. Lyon. Paper. 88 pages. 25 cts.

Assollant's Une Aventure du Célèbre Pierrot. With notes, vocabulary, and appendixes by R. E. Pain. Paper. 93 pages. 25 cts.

Muller's Les Grandes Découvertes Modernes. Talks on Photography and Telegraphy. With notes, vocabulary, and appendixes by F. E. B. Wale. Paper. 88 pages. 25 cts.

Récits de Guerre et de Révolution. Selected and edited, with notes, vocabulary, and appendixes by B. Minssen. Paper. 91 pages. 25 cts.

Bruno's Les Enfants Patriotes. With notes, vocabulary, and appendixes by W. S. Lyon. Paper. 94 pages. 25 cts.

De la Bedollière's La Mère Michel et son Chat. With notes, vocabulary, and appendixes by W. S. Lyon. Boards. 96 pages. 25 cts.

Legouvé and Labiche's La Cigale chez les Fourmis. A comedy in one act, with notes by W. H. Witherby. Boards. 56 pages. 20 cts.

Labiche and Martin's Le Voyage de M. Perrichon. A Comedy with introduction and notes by Professor B. W. Wells, of the University of the South. Boards. 108 pages. 25 cts.

Dumas's L'Evasion du Duc de Beaufort. With notes by D. B. Kitchen. Boards. 91 pages. 25 cts.

Assollant's Récits de la Vieille France. With notes by E. B. Wauton. Paper. 78 pages. 25 cts.

Berthet's Le Pacte de Famine. With notes by B. B. Dickinson. Boards. 94 pages. 25 cts.

Erckmann-Chatrian's L'Histoire d'un Paysan. With notes by W. S. Lyon. Paper. 94 pages. 25 cts.

France's Abeille. With notes by C. P. Lebon of the Boston English High School. Paper. 94 pages. 25 cts.

De Musset's Pierre et Camille. With notes by Professor Super of Dickinson College. Paper. 65 pages. 20 cts.

Lamartine's Jeanne d'Arc. With foot-notes by Professor Barrère of Royal Military Academy, Woolwich, England. Boards. 156 pages. 30 cts.

Trois Contes Choisis par Daudet. (*Le Siège de Berlin, La dernière Classe, La Mule du Pape.*) With notes by Professor Sanderson of Harvard. Paper. 15 cts.

Jules Verne's Le Tour du Monde en Quatre-vingts Jours. Abbreviated and annotated by Professor Edgren, University of Nebraska. Boards. 181 pages. 35 cts.

Halévy's L'Abbé Constantin. Edited with notes, by Professor Thomas Logie, of Rutgers College. Boards. 160 pages. 35 cts.

Erckmann-Chatrian's Le Conscrit de 1813. With notes and vocabulary by Professor O. B. Super, Dickinson College. Cloth. 216 pages. 65 cts. Boards, 45 cts.

Selections for Sight Translation. Fifty fifteen-line French extracts compiled by Miss Bruce of the High School, Newton, Mass. Paper. 38 pages. 15 cts.

Scribe's Bataille de Dames. Comedy. Edited by Professor B. W. Wells of the University of the South. Boards. 116 pages. 25 cts.

Heath's Modern Language Series.
INTERMEDIATE FRENCH TEXTS.

About's Le Roi des Montagnes. Edited by Professor Thomas Logie. Boards. ooo pages. oo cts.

Pailleron's Le Monde où l'on s'ennuie. A comedy with notes by Professor Pendleton of Bethany College, W. Va. Boards. 138 pages. 30 cts.

Souvestre's Le Mari de Mme de Solange. With notes by Professor Super of Dickinson College. Paper. 59 pages. 20 cts.

Historiettes Modernes, Vol. I. Short modern stories, selected and edited, with notes. by C. Fontaine, Director of French in the High Schools of Washington, D. C. Cloth. 162 pages. 60 cts.

Historiettes Modernes, Vol. II. Short stories as above. Cloth. 160 pages. 60 cts.

Fleurs de France. A collection of short and choice French stories of recent date, with notes by C. Fontaine, Washington, D. C. Cloth, 158 pages. 60 cts.

Sandeau's Mlle de la Seiglière. With introduction and notes by Professor Warren of Adelbert College. Boards. 158 pages. 30 cts.

Souvestre's Un Philosophe sous les Toits. With notes and vocabulary by Professor Frazer of the University of Toronto. Cloth. 283 pages. 80 cts.
—— Without vocabulary. Cloth. 178 pages. 50 cts.

Souvestre's Les Confessions d'un Ouvrier. With notes by Professor Super of Dickinson College. Paper. 127 pages. 30 cts.

Augier's Le Gendre de M. Poirier. One of the masterpieces of modern Comedy. Edited by Professor B. W. Wells, of the University of the South. Boards. 118 pages, 30 cts.

Mérimée's Colomba. With notes by Professor J. A. Fontaine of Bryn Mawr College. 192 pages. Cloth, 40 cts.; boards, 35 cts.

Mérimée's Chronique du Règne de Charles IX. With notes by Professor P. Desages, Cheltenham College, England. Paper. 119 pages. 25 cts.

Sand's La Mare au Diable. With notes by Professor F. C. de Sumichrast of Harvard. Boards. 122 pages. 25 cts.

Sand's La Petite Fadette. With notes by F. Aston-Binns, Balliol College, Oxford, England. Boards. 142 pages. 30 cts.

De Vigny's Le Cachet Rouge. With notes by Professor Fortier of Tulane University. Paper. 60 pages. 20 cents.

De Vigny's La Canne de Jonc. Edited by Professor V. J. T. Spiers, with Introduction by Professor Cohn of Harvard. Boards. 218 pages. 40 cts.

Victor Hugo's La Chute. From *Les Misérables*. Edited with notes by Professor Huss of Princeton. Boards. 97 pages. 25 cts.

Erckmann-Chatrian's Waterloo. Abridged and annotated by Professor O. B. Super of Dickinson College. Boards. 189 pages. 35 cts.

Champfleury's Le Violon de Faïence. With notes by Professor Clovis Bévenot Mason College, England. Paper. 118 pages. 25 cts.

Gautier's Voyage en Espagne. With notes by H. C. Steel. Paper. 112 pages. 25 cts.

Balzac's Le Curé de Tours. With notes by Professor C. R. Carter, Wellington College, England. Boards. 98 pages. 25 cts.

Daudet's La Belle-Nivernaise. With notes by Professor Boïelle of Dulwich College, England. Boards. 104 pages. 25 cts.

Theuriet's Bigarreau. With notes by C. Fontaine, Washington, D. C. Boards. 68 pages. 25 cts.

Chateaubriand's Atala. Edited by Professor Kuhns of Wesleyan University, Middletown, Conn. Boards. ooo pages. oo cts.

Heath's Modern Language Series.

Introduction prices are quoted unless otherwise stated.

ADVANCED FRENCH TEXTS.

De Vigny's Cinq Mars. An abbreviated edition with introduction and notes by Professor Sankey of Harrow School, England. Cloth. 292 pages. 80 cts.

Zola's La Débâcle. Abbreviated and annotated by Professor Wells, of the University of the South. Cloth. 298 pages. 80 cts.

Loti's Pêcheur d'Islande. Adapted and annotated by R. J. Morich. Boards. 30 cts.

Choix d'Extraits de Daudet. Selected and edited with notes by William Price, Instructor in Yale University. Paper. 61 pages. 20 cts.

Sept Grands Auteurs de XIXe Siècle. Lectures in easy French, on Lamartine Hugo, de Vigny, de Musset, Gautier, Mérimée, Coppée, by Professor Fortier of Tulane University. Cloth. 160 pages. 60 cts.

Beaumarchais's Le Barbier de Séville. Comedy in four acts, with introduction and notes by Professor I. H. B. Spiers of William Penn Charter School. Boards. 25 cts.

French Lyrics. Selected and edited with notes by Professor Bowen of the University of Ohio. Cloth. 198 pages. 60 cts.

Victor Hugo's Bug Jargal. With notes by Professor Boïelle of Dulwich College, England. Boards. 238 pages. 40 cts.

Victor Hugo's Hernani. With introduction and notes by Professor Matzke of Leland Stanford University. Cloth. 228 pages. 70 cts.

Victor Hugo's Ruy Blas. With introduction and notes by Professor Garner of the U. S. Naval Academy, Annapolis. Cloth. 253 pages. 75 cts.

Racine's Esther. With introduction, notes, and appendixes by Professor I. H. B. Spiers of William Penn Charter School. Paper. 110 pages. 25 cts.

Racine's Athalie. With introduction and notes by Professor Eggert of Vanderbilt University. 156 pages. Cloth, 50 cts. ; boards, 30 cts.

Corneille's Le Cid. With introduction and notes by Professor Warren of Adelbert College. 164 pages. Cloth, 50 cts. ; boards, 30 cts.

Corneille's Polyeucte. With introduction and notes by Professor Fortier of Tulane University. Boards. 138 pages. 30 cts.

Molière's Les Femmes Savantes. With introduction and notes by Professor Fortier of Tulane University. 143 pages. 30 cts.

Molière's Le Tartuffe. With foot-notes by Professor Gasc, England. Boards. 25 cts.

Molière's Le Médecin Malgré Lui. With foot-notes by Professor Gasc, England. Paper. 57 pages. 15 cts.

Molière's Le Bourgeois Gentilhomme. With foot-notes by Professor Gasc, England. Boards. 106 pages. 25 cts.

Piron's La Métromanie. Comedy in verse, with notes by Professor Delbos, England. Paper. 180 pages. 40 cts.

Warren's Primer of French Literature. An historical hand-book. Cloth. 296 pages. 75 cts.

Duval's Histoire de la Littérature Française. In easy French. From earliest times to the present. Cloth. 348 pages. $1.12.

Voltaire's Prose. Selected and edited by Professors Cohn and Woodward of Columbia University. Cloth. 479 pages. $1.50.

La Triade Française. Poems of Lamartine, Musset and Hugo, with introductions and notes by L. Both-Hendriksen. Cloth. 212 pages. 75 cts.